國家社科基金重大項目"東亞楚辭文獻的發掘、整理與研究"（編號：13&ZD112）

東亞楚辭整理與研究叢書　主編/周建忠

屈辭精義

【清】陳本禮　撰
陳春保　點校

南京大學出版社

圖書在版編目(CIP)數據

屈辭精義 /（清）陳本禮撰；陳春保點校.—南京：南京大學出版社，2019.4
（東亞楚辭整理與研究叢書 / 周建忠主編）
ISBN 978-7-305-21906-1

Ⅰ.①屈… Ⅱ.①陳…②陳… Ⅲ.①楚辭研究 Ⅳ.①I207.223

中國版本圖書館 CIP 數據核字（2019）第 072009 號

出版發行	南京大學出版社
社　　址	南京市漢口路22號　　郵　編 210093
出 版 人	金鑫榮
叢 書 名	東亞楚辭整理與研究叢書
主　　編	周建忠
書　　名	**屈辭精義**
撰　　者	［清］陳本禮
點　　校	陳春保
責任編輯	李晨遠　石　旻
責任校對	李盛堯
照　　排	南京紫藤製版印務中心
印　　刷	江蘇蘇中印刷有限公司
開　　本	880×1230　1/32　印張 7.5　字數 187 千
版　　次	2019 年 4 月第 1 版　2019 年 4 月第 1 次印刷
ISBN	978-7-305-21906-1
定　　價	55.00 圓

網址：http://www.njupco.com
官方微博：http://weibo.com/njupco
官方微信號：njupress
銷售諮詢熱綫：(025)83594756

* 版權所有，侵權必究
* 凡購買南大版圖書，如有印裝質量問題，請與所購圖書銷售部門聯繫調換

東亞楚辭文獻研究的歷史和前景
——國家社科基金重大項目開題報告

周建忠

文化是民族的血脈,是人民的精神家園。中國優秀的歷史文化在中國特色社會主義事業和實現民族復興的中國夢中,占有十分重要的地位,具有很大作用。以屈原辭賦爲傑出代表的楚辭,是中華民族優秀傳統文化中一份極爲豐厚、極其珍貴的遺産,對中國社會發展和世界的文明進步,産生過巨大影響。屈原是中國的,亦是世界的,其偉大的人格曾在東亞歷史上影響過一大批學者和仁人志士,成爲人類崇高精神的符號。爲了深入推進楚辭研究,在更高的學術平臺對其全面探索,同時積極回應國家新時期的文化戰略,充分體現"走出去"與"請進來"的學術思想,提升國際學術交流品質和水準,增強中國學術的國際影響力,我們將受到楚辭文化影響較深的整個東亞作爲研究的新視閾,力求採用新的模式、新的方法,對日本、韓國、朝鮮、越南、蒙古等國的楚辭文獻進行全面發掘、整理和研究,通過構建新的文獻基礎,進一步挖掘與弘揚中國優秀傳統文化,推進楚辭研究全面發展。

一、楚辭文獻研究的學術史梳理

楚辭在古代就流傳到朝鮮、日本和越南等國,在地緣文化相近的東亞國家甚爲歷代學人所珍視，因此東亞的楚辭文獻也極其豐富。

《楚辭》最遲在公元703年已經傳入日本，這在奈良時代正倉院文書《寫書雜用帳》中有明確記載。到9世紀末，藤原佐世奉詔編纂《日本國見在書目錄》。這是日本現存最早的一部敕編漢籍目錄，著錄有關《楚辭》的著作共有六種，其中《楚辭集音》注明"新撰"，可見此時的日本學者在接受、傳播楚辭文本的同時，已經開始從事對楚辭的研究工作。據日本學者石川三佐男先生統計，江户時期與《楚辭》相關的漢籍"重刊本"及"和刻本"達七十多種。

近代以來，日本也出現了爲數頗多的譯注和論著。代表性的楚辭譯注有：橋本循《譯注楚辭》（東京岩波書店，1941），牧角悦子、福島吉彦《詩經・楚辭》（東京角川書店，1989），目加田誠《楚辭譯注》（東京龍溪書社，1983）等。相關論著有藤野岩友《巫系文學小考：楚辭を中心として》(1950)、赤塚忠《楚辭研究》（東京研文社，1986）。日本當代著名楚辭學者竹治貞夫不僅撰寫了《憂國詩人屈原》，編了《楚辭索引》，還出版了分量很重的論文集《楚辭研究》，集中闡述了他對楚辭的一系列精闢見解。

高麗王朝時期，騷體文學盛行一時。當時有很多文人模仿楚辭創作辭賦，圃隱鄭夢周《思美人辭》就是一首騷體詩歌。朝鮮王朝時期掀起了一股研讀楚辭的熱潮，當時著名詩人金時習曾模擬《離騷》寫了《擬離騷》《弔湘累》《汨羅淵》，以此來諷刺當朝的奸佞之臣。

韓國的代表性楚辭譯本有：宋貞姬《楚辭》（韓國自由教養推進會，1969）、高銀《楚辭》（民音社，1975）等。相關論著有柳晟俊《楚辭選注》（螢雪出版社，1989）、《楚辭與巫術》（신아사，2001）等。在論文方面，范善君博士論文《屈原研究》、宣釘奎博士論文《楚辭神話研究》、朴永焕《當代韓國楚辭學研究的狀況和展望》、朴承姬《15世紀朝鮮朝文人楚辭接受研

究》影響較大。

據初步調查,越南和蒙古亦存有楚辭文獻,有待發掘與研究。

楚辭在東亞的廣泛傳播及興盛研究也引起了國內學者的高度重視。1949年後,越來越多的國內學者開始研究楚辭在東亞的傳播和研究情況。如,聞宥《屈原作品在國外》(《光明日報》,1953年6月13日)、馬茂元主編《楚辭資料海外編》(湖北人民出版社,1986)是對海外楚辭學術史綜合研究的著作。國內學者對日本楚辭學研究的主要成果有:崔富章論文《二十世紀以前的楚辭傳播》《大阪大學藏楚辭類稿本、稀見本經眼錄》《西村時彥對楚辭學的貢獻》,王海遠論文《論日本古代的楚辭研究》《日本近代〈楚辭〉研究述評》等。在韓國楚辭學研究方面,徐毅《楚辭在東國的傳播與接受》、鄭日男《楚辭與朝鮮古代文學之關聯研究》、琴知雅《歷代朝鮮士人對楚辭的接受及漢文學的展開》等都是比較有影響的學術論著。

近年來,南通大學楚辭研究中心將研究重點轉向東亞楚辭文獻的挖掘、整理和研究。筆者先後赴日本、韓國訪問調研,搜集到數百種楚辭文獻,並形成論文《大阪大學藏"楚辭百種"考論》《屈原的人格魅力與中國的端午情結》。中心特聘研究員兼學術委員會副主任徐志嘯也數次赴日本考察,並於2003年主持國家社科基金項目"日本楚辭研究論綱",出版著作《日本楚辭研究論綱》(學苑出版社,2004),發表學術論文《中日文化交流背景及日本早期的楚辭研究》《竹治貞夫對楚辭學的貢獻》《赤塚忠的楚辭研究》《星川清孝的楚辭研究》《中日現代楚辭研究之比較》等。中心特聘研究員兼學術委員會副主任朴永煥現任韓國東國大學中文系教授,長期致力於韓國楚辭文獻的搜集整理和研究,取得的代表性成果有:專著《文化韓流與中國、日本》(韓國東國大學出版社,2008)、《宋代楚辭學研究》(北京大學1996年博士學位論文),論文《洪興祖的屈騷觀研究》《當代韓國楚辭學研究的現況和展望》《韓國端午的特徵與韓中端午申遺後的文化反思》等。中心成員徐毅博士曾任韓國高麗大學訪問學者，千金梅博士先後獲得韓國延世大學文學碩士學位和文學博士學位，賈捷博士由國家留學基金委公派至韓國延世大學攻讀博士學位，他們都曾長期在韓國從事東亞楚辭文獻的搜集和整理工作。中心成員陳亮博士在英國倫敦大學亞非學院攻讀聯合培養博士項目期間，調查了東亞楚辭文獻在歐美傳播的版本情況。

本課題組所調查的東亞楚辭文獻共包括以下五種情況：其一，中國出版，東亞其他國家收藏的楚辭學文獻；其二，中國出版，但在中國已失傳，僅存於東亞其他國家的楚辭學珍本；其三，東亞其他國家的刻本、抄本；其四，東亞其他國家出版的該國學者楚辭研究著作；其五，中國出版的東亞其他國家楚辭學著作。

據初步調查統計，日本現存的楚辭學文獻共有313種，其中中國版本228種（其中僅存於日本者10種）、日本和刻本47種、日本出版本國學者的研究著作38種，期刊論文291篇，學位論文18篇。韓國楚辭學文獻406種，其中中國版本204種、朝鮮版本178種（抄本117種、木刻版23種、木活字本19種、金屬活字本19種），韓國出版楚辭學著作24種，期刊論文122篇，學位論文26篇。越南楚辭學文獻37種。蒙古楚辭學文獻12種。

總之，楚辭流傳兩千餘年，文獻研究與之相始終。兩千多年的楚辭文獻研究在文本的輯錄、校注、音義、論評、考證、圖繪、紹述等方面都取得了令人矚目的成就，新時期的多學科綜合研究也有了一定的學術積澱。這都爲我們在東亞文化圈內對楚辭文獻進行更深層次的挖掘、整理和研究搭建了一個很好的學術平臺，奠定了堅實的學術基礎。就東亞楚辭文獻研究而言，已有的相關研究存在以下不足：（1）以往的研究往往側重于楚辭文獻的某一個方面,呈現出零碎、分散、粗淺的狀態,缺乏全面性和系統性;(2) 對東亞楚辭文獻發掘不夠深入,對一些楚辭文獻的孤本、善本和同一著作的不同版本的發掘亦嫌不足;(3) 除中國外,東亞楚辭文獻整理和研究欠缺,日本、韓國、朝鮮有所涉及,越南、蒙古等國文獻研究幾乎還是空白。由此可見,東亞楚辭文獻有著廣闊的再研究空間,如對東亞楚辭文獻進一步調查、搜集、挖掘、整理,並精選珍本重新點校,對重要批評資料的彙集和品評,對代表性楚辭著作進行統計、標引、著錄、提要,對楚辭文獻按類別進行學術史梳理,構建東亞楚辭文獻語料庫和注釋知識庫,等等。因此,對整個東亞文化圈内的楚辭文獻進行系統全面的整理和研究有十分重要的學術史和文化史意義。

二、東亞楚辭文獻研究的意義

(一) 學術價值

第一,文本價值。本課題發掘、考釋中國散佚的、留存在東亞其他國家的楚辭版本,彙集日、韓、朝、越、蒙等東亞國家的楚辭注本及批評資料等,所收作品不僅有楚辭文本,還有作家的注釋、研究、品評、鑒賞、考證等,所采版本涉及中國刻本、和刻本、朝鮮本、越南本、翻刻本,以及稀見的抄本等。課題預期成果,較之已有的楚辭彙編類學術著作規模更爲宏大,搜羅更爲廣泛,研究更爲深入,具有集大成的價值。

第二,文化傳播學價值。搜集整理東傳楚辭文獻,可借以了解古代東亞文化的交通,探尋文化交流可能的策略,增進相互理解,推進文化互信和繁榮。如1972年中日恢復邦交,日本首相田中角榮訪華,毛澤東主席將《楚辭集注》作爲國禮贈送。本選題作爲一種全新的楚辭研究方法的嘗試,旨在整個漢文化圈大背景下對楚辭學進行重新審視與定位,以期客觀探索屈原及楚辭對世界文學的影響。同時,研究成果也爲今後將中華文化更有效地推廣到世界提供經驗借鑒。

第三,闡釋學價值。東亞楚辭文獻的詮釋傳統和話語模式不斷強化了楚辭的經典地位。以文獻來源爲架構梳理東亞歷代楚辭學文獻,揭示楚辭研究可能涵蓋的領域,可以幫助我們理解不同歷史階段知識、觀念狀況與經典的互動,理解文獻的構成、話語方式、體制特徵,進而準確地描述出經典生成的原理和發展脈絡。

(二) 應用價值

第一,爲楚辭研究提供新材料、新思路、新方法,爲以後的深入研究提供更高的學術平臺。正如傅斯年所言,海外學者"做學問不是去讀書,是動手動脚到處尋找新材料,隨時擴大舊範圍,所以這學問才有四方的發展,向上的增高。……我們很想借幾個不陳的工具,處治些新獲見的材料"。

第二,對楚辭教學亦有重要意義。楚辭研究的視閾超越了一鄉一國而擴大到整個漢文化圈,其所得出的結論自然不同凡響,這將有利於釐正以往的偏頗結論,更好地還原楚辭在東亞文化圈中的作用與影響。同時,亦能更好地引導學生採用新鮮的學術方法與學術理念去觀照中國傳統文化。

第三,東亞楚辭資料庫的系統構建。一是基於全面的資料;二是充分利用現代信息技術的優勢,從而有利於楚辭研究的深入,並極大地促進作爲中華文化精華之一的楚辭的普及。

(三) 社會意義

第一,珍視人類文明重要遺產並擴大中華傳統文化的世界影響力。屈原是中國的,亦是世界的,其偉大的人格曾在東亞歷史上影響過一大批學者和仁人志士,成爲人類崇高精神的符號。因而,對於載錄其精神的文本文獻和研究文獻，我們應懷有強烈的歷史使命感去進行搶救性的發掘和整理，從而有利於中華優秀傳統文化的世界流傳，並強有力地呈現屈原對世界文化的貢獻。

第二，激發國人對中華傳統文化的自豪感，增強民族自信。東亞楚辭文獻不只是中國典籍的域外延伸，不只是本土文化在域外的局部性呈現，不只是"吾國之舊籍"的補充增益，它們是漢文化之林的獨特品種，是作爲中國文化的對話者、比較者和批判者的"異域之眼"而存在的。本課題以東亞楚辭文獻爲側重點，能夠更爲客觀、詳實地展現屈原及楚辭在東亞文化中的地位和影響，從而進一步增強我們的民族自豪感，以期爲中華民族在傳統文化基礎上實現"中國夢"培育更强有力的民族自信。

第三，增强中華文化的軟實力，掌握跨文化交流中的學術話語權。屈原及楚辭對東亞文化的發展做出過重要貢獻是不爭的事實，本課題作爲集合性、綜合性、實證性的研究，以無可置疑、有理有據的成果，建立起與世界對話的平臺，從而掌握國際學術交流的主動權、主導權，實實在在推進了中國學術的國際化進程。

三、總體框架

（一）總體問題、研究對象和主要內容

本課題所說的東亞更傾向於一個文化概念，主要包括日本、韓國、朝鮮、蒙古與越南等古代以中國爲中心的漢文化圈。本課題研究的總體方向就是對東亞地區楚辭文獻做綜合性的搜集、整理與研究。研究對象就是東亞各國現有的與楚辭有關的文獻，如歷代楚辭的注本及其不同版本、楚辭圖譜、研究評論與學術劄記等。研究的主要內容包括在調查並摸清東亞各國現藏楚辭文獻的數量、藏地、版本特點的基礎上，對東亞地區的楚辭文獻做系統性的研究，涉及編纂書目、撰寫提要、點校、影印等文獻整理工作，以專題形式對楚辭文獻在東亞的傳播與影響做系統的研究，進行東亞楚辭文獻的資料庫建設等應用性研究。

（二）總體框架和子課題構成

課題的總體目標是對東亞地區的楚辭文獻做綜合性的整理與研究，子課題按照"文本""研究""應用"的原則對總課題進行分解：

子課題之一"東亞楚辭文獻總目提要"，將東亞地區各國所藏的楚辭文獻書目編成"東亞楚辭文獻知見書目"，內容包括書名、卷數、撰者、撰作方式、版本、存佚、叢書項等基本信息，爭取將東亞地區目前可見的所有的有關楚辭學的注釋、考證、評點、圖譜與研究等方面的著作全部收入，以"總書目"的面貌出現，以"知見書目"爲基礎，選取其中有代表性的著作撰寫提要。

子課題之二"東亞楚辭文獻選刊"，主要針對東亞地區各國所藏重要的楚辭文獻的注本、音義、考證、圖譜、劄記等著作，對東亞楚辭文獻進行分類整理。精選東亞地區稀見的楚辭版本予以影印，對目前尚未有點校本的楚辭文獻予以點校，精選外文楚辭研究著作翻譯成中文。影印、點校、譯介形成系列成果。

子課題之三"東亞楚辭學研究集萃"，擬對東亞漢籍中的楚辭批評資料及東亞楚辭研究論文進行整理研究。一是對東亞各國的楚辭研究資料進行全面彙編。二是對楚辭研究的學術論文進行全面收集，編訂目錄索引。精選重要的楚辭研究論文撰寫提要，展現東亞楚辭研究的趨勢和流變。三是甄選有代表性的東亞楚辭研究論文，評騭得失，編訂出版。

子課題之四"東亞楚辭學研究叢書"，研究楚辭在東亞地區的傳播及其對東亞文化的影響。對楚辭作家中的"專人"(屈原、宋玉、賈誼等)進行評價與研究,對東亞各國學者翻譯、介紹楚辭作品中的"專篇"(如《離騷》《九歌》《天問》《九章》《九辯》等)進行研究,對東亞各國藏楚辭注本中的"專書"(如《楚辭補注》《楚辭集注》《楚辭韻讀》等)收藏、翻刻與流傳等進行研究,對楚辭史上的熱點"專題"(屈原生平、端午風俗與韓國江陵端午祭等)等進行研究。

子課題之五"東亞楚辭文獻資料庫建設及應用研究",利用現代信息技術手段,將東亞楚辭文獻進行數字化加工處理,既有利於東亞楚辭文獻的永久保存,有利於楚辭文獻的便捷傳播,也有利於學者的深入研究與利用,有利於普通受衆學習楚辭、了解楚辭。開發東亞楚辭文獻系列資料庫、語料庫和注釋知識庫、智慧檢索系統,以滿足不同使用者的學習和研究需求。這些研究成果將以東亞楚辭文獻網絡資料庫和智慧檢索平臺的形式展現。

四、 預期目標

(一)本課題研究將達到"構建平臺,承前啟後"的學術目標。構建一個包括東亞地區楚辭文獻的整理、學術研究、語義化智慧檢索在内的研究平臺。這個研究平臺將發揮承前啟後的作用,既對此前東亞楚辭研究做一個系統的總結,也爲後來的楚辭研究者以這個平臺爲基礎將楚辭研究繼續推向深入提供助力。

(二)學科建設發展上的預期目標。爲楚辭學研究建立一個全新的研究模式,這個模式是包括中國文學、中國歷史、語言學、圖書館情報與文獻學等在内的跨學科的綜合研究模式。這個模式可以爲詩經學、唐詩學等文學研究借鑒。

(三) 資料文獻發現利用上的預期目標。調查並披露一批楚辭文獻的稀見版本，將結集出版系列點校本，系統推出楚辭各相關領域的研究史，公布東亞楚辭文獻的資料庫和注釋知識庫。這些預期成果都將爲中國古代文學與文化的研究提供重要的基礎文本與研究資料。

五、 研究思路、視角和路徑

(一) 總體思路

第一，在對國內楚辭研究充分把握、對國內外楚辭文本全面比對的基礎上，對這些流傳在東亞地區的楚辭的珍本、稀見本等進行搶救性發掘和整理，以期更好地保存中華優秀傳統文化。第二，對東亞的楚辭學成果進行全面調查和研究，探尋楚辭作爲中華精華文化在東亞得以流傳的原因等，從而更爲客觀地描述中華文化對東亞文明的貢獻，喚起國人更強的民族自豪感，進一步加強國人把優秀文化傳承下去的責任感。第三，對楚辭文獻進行深入的數字化工作，理論研究與社會應用並重。

(二) 研究視角

課題將以古代東亞漢文化圈爲背景，賦予楚辭文獻研究一個整體意義。研究視野超越國別、語言、民族的限制，以中國現存的楚辭文本文獻、楚辭學研究爲重要基礎和主要參照，以現存的日本、韓國、越南的楚辭文獻爲側重點，形成不同于傳統文獻研究的新視野。因爲東亞楚辭文獻是一個龐大而豐富的學術資源，它會提出許多新鮮的學術話題，與之相適應，必須用新鮮的學術方法和理念去解決楚辭在東亞流傳的實質原因、楚辭在漢文化圈的作用和影響等重要問題。

(三) 研究路徑

第一，利用多種途徑調查和搜集國內外楚辭文獻。(1) 利用各種書目搜集現存於東亞各國的楚辭文獻；(2)利用現代信息技術進行搜索；(3)實地考察東亞各國的各大圖書館、著名文庫以及私人藏書樓等，進行發掘和搜集；(4)利用各種文集、詩話等古代文獻，進行查閱、精選；(5)對發掘和搜索到的楚辭資料，採用購買、複印、拍照等方法收集。

第二，對收集到的楚辭文獻以編目、影印、點校等形式進行整理。(1)將搜集到的楚辭文獻編成詳細書目，對現存東亞楚辭文獻進行統計和梳理；(2)精選東亞地區楚辭文獻的善本、孤本，以及有價值的抄本等予以影印，給學者提供真實的原始參考文獻；(3)對沒有整理過的典籍甄選並予以點校出版，爲今後的楚辭研究提供便利。

第三，對收集整理的楚辭文獻及東亞學者的楚辭研究論著，進行系統的專題研究。如楚辭發生學研究，楚辭經典著作研究，東亞楚辭代表作家作品研究，楚辭在東亞的傳播時間、途徑、方式，以及對東亞文學、文化的影響研究等。

六、研究方法

（一）整理與研究同步進行

進行編目、精選、點校等整理工作的同時，進行撰寫提要、發表專題學術論文、撰寫系列研究叢書等工作，形成"邊整理邊研究"的模式。涉及的研究路徑有目錄編制、版本考辨、輯錄散佚、影印點校、專題研究等。

（二）以文獻爲基礎的綜合研究

首先，立足載錄楚辭文獻的大量域外漢籍，有書目、史書、日記、文集、詩話、筆記、序跋、書信等，其中還包括課題組發掘的未曾公之於世的朝鮮文人出使的日記（燕行錄）、文集、詩牘帖等。其次，重視中國典籍中關於楚辭文獻的記載，並與域外漢籍中的記載進行參證、互證、補證等。既重視域外文獻，也不忽略中國典籍，最大範圍地搜集和整理東亞楚辭文獻，是本課題研究的一個基本原則。最後，在充分調研這些材料的基礎上，對東亞楚辭學的新現象、新問題、新特徵等展開分析和研究。綜合採用整理、例證、比較、闡述等多種分析方法以及調查、統計、演繹、歸納等研究方法。

（三）涉及多學科領域的綜合研究

本課題研究涵蓋的學科領域有中國文學、外國文學、圖書館情報與文獻學、考古學、語言學、世界歷史等。

（四）以漢文化圈爲背景的比較研究

本課題超越傳統的楚辭本體研究，放眼東亞，對楚辭在東亞的傳播、東亞古代學者對楚辭的批評與接受、近現代東亞楚辭學史、楚辭及楚文化對東亞各國文化的影響等進行研究。

七、重點難點

（一）資料的調查與獲得

本課題涉及龐大的資料調查工作，各地公私藏書的調查與獲得任務艱巨，尤其是域外楚辭文獻中的善本和稀見本的影印涉及知識產權，其複本的獲取和得到影印授權有較大難度。此外，獲取複本的經濟成本也較高。課題組擬採用各種合理方法努力調查、獲取，與各大藏書機構建立密切合作關係，爭取得到已建立合作關係的海外研究機構和中國駐外政府機構的大力幫助等。同時，加大文獻資料購買的經費投入。

（二）東亞楚辭文獻的整理與校注

東亞楚辭文獻中的一些抄本、稿本十分珍貴，同時整理與校注有一定難度。首先，有些版本本身的源流系統由於證據缺乏，其版本刊刻、流傳過程等難以考辨。其次，有些版本中的文字爲草書，在辨識上有一定困難。再次，一些文本正文爲漢字，疏解爲韓語或日語等，多語種的文獻亦給整理帶來一定難度。最後，校注域外楚辭版本時，整理者亦需諳熟中國楚辭學、東亞漢文學、訓詁學等。子課題負責人均爲一流的古代文學、古典文獻學專家。課題組成員大多受過域外漢籍研究的專業訓練，均爲博士或正、副教授，熟悉東亞各國的歷史文化，通曉日語、韓語、英語等，完全有能力協助子課題負責人，共同完成整理與校注工作。

（三）楚辭研究新模式的構建

以整個漢文化圈爲背景，突破傳統楚辭研究的既有模式，利用多學科的研究力量，對東亞楚辭進行首次全面的調查、整理與研究。楚辭作品中的"專篇"、作家中的"專人"、注家中的"專家"、楚辭學史中的"專題"研究，以及楚辭的東亞傳播與影響研究，是楚辭研究新模式的重要標志。本課題擬通過多層面的學術探索，爲楚辭學的發展構建一個更高的學術起點。

（四）資料庫建設和語義化平臺建設

多語種資料庫結構和規範的設計與建立，多語種語義標注和智慧檢索系統的開發是"東亞楚辭文獻語義化"的重點難點問題。目前各種基於本體的語義檢索系統，多停留在理論研究和部分領域實驗階段，對於古漢語，尤其是先秦文學作品的語義檢索，尚無成熟案例。實現字詞的語義半自動切分，設計基於規則的語義標引系統是擬解決的關鍵問題。本課題將利用現有的分詞技術，結合楚辭作品語義語法規則，開發基於楚辭語義標引訓練集的楚辭語料庫，構建楚辭注釋知識庫，建成多語種楚辭文獻系統平臺，利用最新技術方法和手段推進楚辭研究領域的信息技術應用。

八、創新之處

（一）在問題選擇上，具有東亞文化交流史的視閾。

首次將楚辭研究置於東亞漢文化圈背景，以現有的楚辭文本和研究成果爲基礎和參照，比較研究東亞其他國家楚辭文本的存在情況及價值，揭示楚辭作爲中華傳統文化精華在漢文化圈的作用與影響。

（二）在文獻收錄上，做到"全"與"新"的突破。

對東亞各國所藏楚辭文獻做全面系統的收集整理，調查足跡遍布東亞各國的大小藏書館所。同時，重視日、韓、越、蒙、朝鮮等國的私人藏書，如韓國的雅丹文庫、日本的藤田文庫等。目前，本課題組已經掌握韓國楚辭文本394種，日本楚辭文本313種，越南、蒙古等國楚辭文本49種。其中不乏一些珍本和稀見本，如韓國國立中央圖書館藏《楚辭》光海君年間木活字本、日本京都大學人文研本館藏《楚辭》慶安四年刊本等。

（三）在研究方法上，綜合運用多學科交叉的方法。

研究方法涵蓋文獻學、考古學、歷史學、統計學、文藝學、美學、文化學、比較文學、圖書情報學、軟件工程學等諸多學科的理論方法。此外，因爲本課題的研究理念是實證與研究相結合，在具體操作上，注重將縝密的實證上升到綜合研究，在確定事實的基礎上，發現事實與事實之間，甚至事實以外、事實背後的因果或聯繫，做到出土文獻與傳統文獻互證，考據與義理並重，體現出綜合性、系統性與學理性。

（四）在技術路綫上，建立"一體兩翼"的研究模式。

以文獻整理爲"一體"，以研究與運用爲"兩翼"。本課題的研究成果不僅是東亞楚辭文獻的整理彙編，而且是對東亞楚辭研究史進行分類研究，並開發東亞楚辭文獻資料庫，開創了文獻整理研究的新路徑。

特别是東亞楚辭文獻資料庫建設，這是先賢整理和研究楚辭尚未涉及的全新領域，基於語義化的資料庫建設，將爲楚辭研究的深入與普及提供一個更便捷的信息平臺，亦有利於楚辭文本及研究資料的永久傳承。

目　錄

整理説明與提要 \ 1

序 \ 1
江上讀騷圖歌 \ 1
離騷精義目録 \ 1
屈辭精義略例 \ 1
參引諸家 \ 1
史記列傳 \ 1
屈原外傳 \ 1

屈辭精義卷之一
　　離騷 \ 1
屈辭精義卷之二
　　天問 \ 38
屈辭精義卷之三
　　招魂 \ 81

　　　　大招 \ 92
　　屈辭精義卷之四
　　　　九章 \ 100
　　　　　　惜誦　抽思　思美人　涉江　哀郢
　　　　　　悲回風　惜往日　懷沙　橘頌
　　屈辭精義卷之五
　　　　九歌 \ 144
　　　　　　東皇太一　雲中君　湘君　湘夫人　大司命
　　　　　　少司命　東君　河伯　山鬼　國殤　禮魂
　　屈辭精義卷之六
　　　　遠游 \ 174
　　　　卜居 \ 184
　　　　漁父 \ 187

　自識 \ 189
　跋 \ 191

　整理後記 \ 193

整理説明與提要

　　《楚辭》是早期中國文學原發性作品之一,代表"風騒"傳統的"半壁江山";對後世文學發展意義巨大。從漢代起,與楚辭在篇章數量上的"擴容"相伴而生的,是楚辭研究。

　　中國古代的《楚辭》研究大體上分兩種不同的路數。一是以經學爲準的,把文字訓詁作爲中心,用治經之法研究《楚辭》,尤其是用《詩經》與《楚辭》比較,依傍《詩經》,"比興説騷"。二是以闡釋義理爲旨趣,整合經學式研究中名物訓詁的成果,發揮《楚辭》大義。前者,漢人先開風氣,王逸《楚辭章句》等堪稱標杆。后者,宋人超越陳説,朱熹《楚辭集注》等影響深遠。

　　清代是楚辭研究的集大成時期,也堪稱鼎盛時期。其時有治《騒》三大家,王夫之、蔣驥和戴震,三家的著作分别爲《楚辭通釋》《山帶閣注楚辭》和《屈原賦注》。陳本禮的《屈辭精義》在清代楚辭研究中亦有一席之地。

　　陳本禮(1739—1818),字嘉會,號素邨,江都(今屬江蘇揚州)人。乾隆間監生。他布衣一生,幼時即喜典籍,好交友,喜藏書,善詩文。陳本禮家境殷實,曾在廣陵南郊甪里村築"瓠室"爲私人藏書樓,其中多有善本、秘本。據其在《屈辭精義》之《自序》中説,他自幼愛讀《楚辭》,而立之年寫有《江上讀騷圖》小影,曾經自立詩社于古通化里,著有《瓠室詩抄》《南村鼓吹集》等作品集，后者爲與鄉人結詩社之作品集。學術研究方面，陳本禮著有《瓠室四種》，即《屈辭精義》《漢樂府三歌注》《協律鈎元》《急就探奇》。此外，還有《焦氏易林考證》《揚雄太玄靈耀》。其中，《屈辭精義》《漢樂府三歌注》《協律鈎元》和《急就探奇》四本書，在陳本禮生前都已刊行。

關於陳本禮家族的歷史，文獻記載很少。陳本禮之父，名不可考。陳本禮之子陳逢衡，繼承父親藏書之風，建"讀騷樓"，博覽經史文集，著述以經學爲主，長於考據，絕意不爲官，名揚道光年間。

陳本禮嗜騷有年，年逾古稀，五易其稿，撰成《屈辭精義》。據姜亮夫、陶秋英二位先生整理審定的《離騷精義原稿留真》，原稿標題下有"離騷經"之稱，篇首"淮南王安曰"原作"淮南王劉安傳曰"，可見作者論騷的經學觀念。

在是書中，陳本禮采輯衆説，廣泛徵引漢代至乾嘉時期的書籍一百零八種，其中專門楚辭論著三十七種，有清代學者的著作二十一家。其中還收録和保存了康熙年間女學者陳銀的《楚辭發蒙》五卷。陳書無刊本，賴此以存。

該書在序後、正文卷一之前，先附石颿山人張曾的《江上讀騷圖歌》，再列目録、略例和参引論著，後列《史記列傳》（經對照，當即録自《史記》屈原本傳，僅個別文字與現行《史記》不同）和唐沈亞之《屈原外傳》。

原書正文共分六卷。各卷卷首標題下都有"江都陳本禮箋訂，男逢衡校讀"字樣。正文收録屈原作品27篇。篇次安排上，以《大招》繼《天問》後，爲第三卷，《九章》把《懷沙》《橘頌》置於最後，《九歌》將《東君》置《少司命》後，合《遠遊》《卜居》《漁父》爲一卷。注釋體例上，各篇皆分段注釋，詩中各章或段落，用"發明""箋"陳説己見，然後引諸家之説。在各篇詩題或一組詩題之下(《離騷》《天問》《招魂》《大招》《九章》《悲回風》《九歌》《遠游》)用"發明"標引己説,作爲各篇詩或各組詩之總評,然後選擇諸家之説列出,其中只有《大招》《九章》僅有"發明"而未引他説。另設"正誤"一目,全書共三十四條,主要是訓釋文字、訂正訛誤以校勘文字,其中半數以上涉及對王逸《楚辭章句》的訂正。各卷皆有夾注,多釋字義、文義或注音。卷一至卷三又有"眉批",內容多涉及文法、章法等。又合若干小節爲一大節,如《離騷》幾分十節。

據《離騷精義原稿留真》中姜先生所作之《跋》,此原稿爲陳氏第三稿稿本。由于陳氏此書五易其稿,第四稿不可見,姜亮夫先生詳細比較了第三稿與最後定本的異同,認爲陳氏原來較重訓詁,修改後他從文脈大義入手,運用分節分章等方法闡發屈辭的奧義。對照《屈辭精義》,可見姜亮夫所論《離騷》一篇修改後的特點也適合全書其它部分。

對《屈辭精義》一書,陳本禮自評甚高。他認爲在王逸以後的研究中,《楚辭》的大旨反而更加模糊不清,所謂"愈襲愈晦,使後之讀者,望洋嚮若,莫之適從",他的論著就是要"一洗塵昏於二千年後,不至沈埋於霾雲宿霧中","掃盡前人一切卮言蔓語,獨開生面",其工作實績并未達到其追求,但表現出可貴的學術理想。

該書頗多新見,如在謀篇布局上,陳本禮以賦之架構讀《楚辭》,依經立法,指出《離騷》《悲回風》等有"序文"與"經文""正文"兩部分,雖然憑據不充足,但令《楚辭》相關篇章眉目清朗。關於《天問》,陳本禮循王逸"書壁呵問"之説,認定其爲題圖之作,并逐一指明所題各圖,雖然少數內容析圖稍嫌瑣碎,然與《天問》文意多合。陳本禮認爲《天問》共題一百一十六圖,比前人更加完備。對《離騷》"求女"一節,陳氏認爲這本是"一篇水花鏡月文字","讀者勿認爲實有其事",若句句比附,"則嚮癡人説夢矣",頗爲中肯。

《屈辭精義》，顧名思義，是爲了發明屈作的本意，重視闡發微言大義是陳氏一以貫之的做法。他在本書《略例》中有言："采輯衆說，皆掇其能闡揚奥義，或足發明言外之義者。探玄珠於赤水，識良璧于荆山，要在機神切中肯綮。若語無關乎痛癢，或似是而非，或鑿空謬贊，老生常談，概置弗録。"陳氏評屈作之特色，形象得體，精彩獨到，頗有可資參讀之處。

《屈辭精義》一書版本，據周建忠先生《五百種楚辭著作提要》，有清嘉慶十七年(1812)裹露軒家刻本，中國國家圖書館、中國科學院國家科學圖書館、華東師範大學圖書館等有藏。該本後收入清嘉慶間"陳氏叢書三種"、清嘉慶道光年間陳氏讀騷樓刊"陳氏叢書七種"。各本印刷有先後，偶見不同。如國家圖書館出版社2014年出版黄靈庚主編《楚辭文獻叢刊》，其中第63册影印有《屈辭精義》六卷，以清嘉慶十七年(1812)刻本(即國家圖書館藏清嘉慶十七年刻本，題名"離騷精義")為底本，然此本與《續修四庫全書》收裹露軒家刻本相比有微異，在"參引諸家"條目中未列夏大霖《屈騷心印》。其他方面，書版版框四周雙邊，上下黑口，半葉大字八行，行二十一字，版式、字體、正文完全相同。

民國十三年(1924)上海掃葉山房影印有裹露軒本。近年來，臺灣省新北市廣文書局1964年初版、1971年再版影印有《屈辭精義》，1986年臺北新文豐出版公司《楚辭彙編》影印本第5册，1987年揚州廣陵古籍刻印社"江都陳氏四種"，2002年上海古籍出版社《續修四庫全書》影印本第1302册，2008年广陵書社《楚辭文獻集成》影印本第15册都有《屈辭精義》。各家都據前述"清嘉慶間刻本"影印。

此外，1955年上海出版公司影印《離騷精義原稿留真》一卷，2008年燕山出版社《楚辭要籍選刊》影印本中也有《離騷精義原稿留真》一卷，係陳氏稿本，僅存《離騷》及其注文。

筆者整理，底本爲《續修四庫全書》中影印清嘉慶十七年(1812)裛露軒刻本(見第1302册)，校本有1955年上海出版公司影印《離騷精義原稿留真》。另外，還參考了《宋端平本楚辭集注》(國家圖書館出版社2017年版)、《山帶閣注楚辭》(上海古籍出版社1984年版)、《楚辭補注》(中華書局1983年版)。此次整理，略補注文，移眉注入正文。底本文字有誤、脱、訛、衍、倒者，改字，作校勘記。底本中的古今字、通假字，一律保留底本原貌，不出校。異體字、俗字等根據叢書標準徑改爲規範的字形。其他亦根據叢書標準實行。限于學力，不當之處尚祈高明指正。

序

劉勰曰："不有屈原，豈見《離騷》？"顧造物生人，同資化育。何孤臣孽子，天必厄其所遇，戾其所爲，窘之迫之，置之於莫可如何之地？蓋欲磨礱其大節，苦礪其貞操，俾其精誠所結，在天爲星辰，在地爲河嶽。夫然後知天之所以成之者至矣。若屈子者，豈不可謂天之成之者歟？忠不見信，冤莫能白，其發而爲《騷》，亦惟自寫孤忠、泣游魂於江上耳。而不知其微辭奧旨，實能動天地而感鬼神。惜當時及門如宋、景輩，諱楚之忌，不敢明發其鑄辭本意，以致微文愈隱，幽怨莫宣。幸漢孝武愛《騷》，命淮南作《傳》而義以明，龍門作《史》而旨益顯，此亦千載一時之知遇也。迨王叔師《章句》出，而《騷》反晦。唐宋諸儒，不能闖其藩籬，踵其悠謬，愈襲愈晦，使後之讀者望洋向若，莫之適從。嗟乎！此豈讀《騷》者之過？不善讀《騷》者之過也。予幼即嗜《騷》，苦無善本。曾寫《江上讀騷》小影。戊子夏，承丹徒石颿山人，不惜蒲團午夜，苦吟三日夕，爲賦《讀騷長歌》，邇來四十四年矣。今春雪窗呵硯，不憚眼昏筆拙，復檢舊讀，研其精義，正其訛誤，探賾索隱。雖不敢自命注《騷》，然於《騷》之命脈，竊有窺於一管。不揣固陋，略爲詮釋，庶廬山面目，得以一洗塵昏於二千年後，不致沈埋於霾雲宿霧中。實亦賴屈子之靈，有以陰相默助，以底於成也。書成，爰志其始末，並載石颿先生長歌於卷首，以識不忘地下老友勗望之意。

嘉慶辛未長至日，邗江耕心野老素村陳本禮，漫識於水南瓠室山房。

江上讀騷圖歌

《騷經》名篇二十五，楚國無《風》屈原補。後人擬《騷》終不似，漢王逸始能《章句》。惟楚山川草木奇，奇文蔚起詞賦祖。《辯騷》有劉勰，纂《騷》有孝武。《反騷》有揚雄，詆《騷》有班固。痛飲讀《騷》王孝伯，投書弔《騷》賈太傅。挹鬱哀怨情何深，以此諷君君不悟。卒章亂詞三致志，牢愁那得知其故。沈淵應共冤魂語，直接騷人惟李杜。廣陵陳君好奇古，恨不與古爲儔侶。君家老蓮繡《騷》像，君家陳深作《騷》譜。我生庚寅同屈子，憔悴形容多不遇。陳君何爲亦讀《騷》，年少風神慕輕舉。君欲工詩賦《遠游》，《遠游》托興知何所。若有人兮在江渚，蘭舟桂楫何容與。點點楚山青，瀟瀟楚天雨。瑟瑟楓樹林，黯黯涔陽路。驚瀾奮湍欲流不得流，明星皓月欲吐不得吐。長鯨蒼虬偃蹇亦何怒，我欲携君洞庭之南、瀟湘之浦。一讀再讀三四讀，纏綿往復斷還續。前歌《九歌》後《九章》，猩啼鬼嘯湘妃哭。天不可問，居不可卜。忠不見信，神不能告。悲回風兮惜往日，可憐終葬江魚腹。醒何如醉，清何如濁。何不從衆女，豈必處幽獨？寂寞千秋萬歲名，眼前但得一杯足。吁嗟乎！讀《騷》者何人，抗志拔流俗。古今善讀《騷》，莫如李昌谷。左景差，右宋玉，淮南王安上下相追逐。江南庾信老波瀾，千里哀傷空極目。陳君讀《騷》得《騷》骨，偉辭自鑄氣清淑。君今三十立修名，集芙蓉裳餐秋菊。沉寥四顧莫我知，美人含睇橫波綠。

京江石颿山人張曾撰。

離騷精義目録①

屈子列傳　司馬遷
外傳　沈亞之

卷一
　　離騷
卷二
　　天問
卷三
　　招魂　大招
卷四
　　九章
　　　　惜誦　抽思　思美人　涉江　哀郢
　　　　悲回風　惜往日　懷沙　橘頌

---

① 原目録有兩處與正文不合，一是《屈子列傳》正文中題爲《史記列傳》，今依其舊。
　二是《九章》順序與正文不合，今改。

卷五

　九歌

　　東皇太一　雲中君　湘君　湘夫人　大司命　少司命

　　東君　河伯　山鬼　國殤　禮魂

卷六

　遠游　卜居　漁父

屈辭精義略例

一、《騷》之稱"經"見王叔師序，曰："孝武使淮南王安作《離騷經章句》。"則"經"字乃漢儒所加，而後人指爲"僭經"。又《漢書》傳曰："初，安入朝，獻所作《内篇》。上愛秘之，使爲《離騷傳》。"則是淮南奉詔作傳，當另有傳文，非僅以《天問》以下諸篇名之爲"傳"也。自傳文放佚，舊目未删，后儒不考其由，輒爲訾議。幸太史公《屈原列傳》尚載有"《國風》好色而不淫"五十二字，猶是《離騷傳》中語也，可以窺見一斑。

二、篇目編次，自劉向哀集《離騷》《九歌》《天問》《九章》《遠游》《卜居》《漁父》外，列入《九辯》《惜誓》《招隱士》《七諫》《哀時命》《九懷》《九嘆》，共十六篇，爲總集之祖，唐、宋以來，未之有易。至明黄文焕始專取屈子二十五篇之文，益以《招魂》《大招》，爲屈子一家言。迨後林西仲、蔣冽塍皆祖其說。然於篇目前後移易，則各成其是。余惟漢儒去古未遠，當以太史公所讀古本爲定。太史曰："余讀《離騷》《天問》《招魂》《哀郢》，悲其志。"蓋《離騷》乃"騷"之總名，自應首列。《天問》次之，二《招》又次之。《哀郢》乃《九章》篇名，則《九章》宜繼二《招》後。《九歌》爲巫覡祀神之樂章，《遠游》則莊生世外逍遥語，皆《騷》之逸響。而以《卜居》《漁父》終焉者，《騷》之變體也。

三、《騷》有賦序，自"帝高陽"起至"故也"止，乃《騷》之賦序，漢人《三都》《兩京》賦序之祖。前人未曾考訂，而《昭明文選》又删去"曰黄昏爲期"二語，遂使序與經文淆混。遙遙二千年來，讀者皆如夢中。不但以二語爲衍文，而於文義重複難通處，輒穿鑿以彌縫之，故詞愈支而義愈晦矣。此豈廬山真面目耶？今於書中凡有賦序者，悉爲標出，頓見眉目清醒，而章法次第益復燎然。

四、《天問》論古事，書法原本楚史《檮杌》，然於崇伯鯀則多恕辭，蓋傷其婞直沈淵，迹有類乎己。於羿、浞、澆多貶辭，所以寒亂臣賊子之膽。於湯、武多微辭，特伸大義於當時，以弭楚寇周之謀也。按《綱目》周赧王三十四年書："楚謀入寇，王使東周武公謂楚令尹昭子曰：'西周之地不過百里，而名爲天下共主，而攻之者名爲弒君。'"尹起莘曰："楚自屈匄敗亡後，其君執死於秦，其子繼立，自救覆亡之不暇，乃欲謀周，甚矣！前史止述圖周，至《綱目》始正其'入寇'之名，其罪不在嬴秦下。"讀尹氏此論，則知《天問》歷述三代征誅放伐之事，而語多微詞者，義蓋有在。楚自熊通稱王，楚莊問鼎，世有無君之心。迨懷王在位，三十年未聞有此舉者，焉知非屈子之言潛移默奪之耶？至頃襄時，屈子放逐久，且聽讒而欲逼之死，焉能用其言哉？此義歷來注家從無齒及，故特爲發明，以告世之讀《天問》者。

五、《九章》之文，應分懷、襄兩世之作。《惜誦》《抽思》《思美人》作於懷王時，《哀郢》以下則頃襄時作也。《橘頌》乃三閭早年咏物之什，以橘自喻，且體涉於頌，與《九章》之文不類，應附於末。舊次未分，且有謂《橘頌》乃原放於江南時作，未可爲據。

六、《騷經》體兼《風》《雅》，前賢論之詳矣。然未知《天問》是題圖之作，二《招》乃托諷之詞，《惜誦》格稱問答，《懷沙》自祭哀辭。《湘君》《夫人》比興雖殊，篇聯一氣；大、少《司命》天星同傳，並響揚鑣。《山鬼》實解嘲之祖，《遠遊》闢游仙之徑，《卜居》詞創答賓，《漁父》文成客難，《河伯》則"伊人宛在"，《東君》則"日出入安窮"。餘若《悲回風》之瘏嬋娟，儼若娑婆門咒鬼地獄現像。此皆筆有化工，思入玄渺，故能神怪百出，後《三百》而爲開山之祖，豈秦、漢而下之才人所能仿佛哉？

七、烹詞吐屬之妙，天籟生成。其淒其處如哀猿夜叫，醲郁處如旃檀香焚，鮮艷處如琪花綻蕊，蒼勁處如古柏參天。其繪聲繪色處，如吳道子畫諸天，無美弗備；其經營慘澹處，如神斧鬼工，巧妙入微。然又皆從至性中流出，非斤斤以篇章字句矜奇炫巧也。

八、采輯衆說，皆掇其能闡揚奧義，或足發明言外之義者。探玄珠於赤水，識良璧於荆山，要在機神切中肯綮。若語無關乎痛癢，或似是而非，或鑿空謬贊，老生常談，概置弗録。

九、注中訛謬，有因相舛而誤者，有因踵訛而誤者。如"伯陽"之"陽"訛"强"，"康謀"之"康"訛"湯"，"啓秉季德"訛"該"，"謚上自予"訛"試"，此因別字而訛也。若夫故實之誤，如"啓棘賓商"，乃啓賓商均事，而注引《山經》"上賓於天"之文以實之。"獻蒸肉之膏"乃羿弑帝相事，而注謂"以豕膏祭天"。"焉得夫朴牛"乃上甲微伐有易事，而注謂"湯出獵，得大牛"。"眩弟並淫"指慶父①、叔牙，而注謂指象。"何馮弓挾矢"，美季歷也，注謂指稷。"彭鏗斟雉"，"雉"乃飲器，注謂"斟雉羹饗堯"。"謚上自予"乃子囊謚楚共王事，注謂"昭王奔隨"。凡此皆訛誤之大者，不敢貽誤後人，故列"正誤"一條。餘若謏聞曲說，筆不勝載，故略之。

十、前人論《騷》，如黃文焕之《十八聽》、蔣冀塍之《餘論》、林西仲之《說例》、魯雁門之《讀法》，非不娓娓動聽，然語多穿鑿，未臻上乘，非真三昧。

十一、林西仲纂有《懷襄二王事迹》，以備讀者參考。蔣冀塍因西仲本，復輯《楚世家》及《左》《國》諸書，附以己見，補繪楚地理五圖，較西仲

---

① "父"字原脱，據《天問》箋補。

氏爲詳，不能備載，姑闕之。

十二、蔣涑塍有《楚詞説韻》，苦於太繁；劉雙虹《楚辭叶音》，又嫌其太簡。蓋楚都地屬《周南》時之《漢廣》，字多楚音。士人汲古漱芳，未有不熟二《南》而能讀《楚詞》者。考古音而叶古韻，是在知音者。今各叶句下，若叶韻前文已見，而後有再叶者，則止書叶而不書韻，省繁也。

十三、古詩分章創自"喜起"，《三百》繼之，有賦、有比、有興。《楚辭》古本不分章句，至朱子始分之。後人有分有不分，然分之眉目始清，脈絡亦易於尋覓。蓋章猶解也，漢樂府用解者，便於歌也。其間音節之頓挫，聲調之抑揚，悉於解中見之。《楚辭》亦歌也，所謂"行吟澤畔"者，"長歌當哭"之意也。其間章各有旨，句各有意，字各有法，總不欲使人一覽而盡。至於音調之高朗，又全乎天籟矣。

十四、《離騷圖》創自實父仇氏，家洪綬亦繪有《九歌圖》。本朝蕭尺木從而廣之，合三閭、鄭詹尹、漁父爲一圖。《九歌》九圖，《天問》五十四圖，曾經乙覽。高宗壬寅，特命内廷補繪《離騷》三十二圖，《九章》九圖，《九辯》九圖，《招魂》十三圖，《大招》七圖，《香草》十六圖，足稱大觀，爲士林雅製。惜不能摹繪諸圖，弁諸書首，傳之人間，以廣見聞，是所歉也。

十五、古今從無閨秀注《騷》者，康熙庚寅，有練湖女子姓陳名銀者，注《楚辭發蒙》五卷。自序"垂髫口授《楚辭》二十五篇，曾遍閱漢唐以下三十一家評本，而嫌其重複拖沓，荒淫鄙瑣，可憎可厭"，其言切中諸家之弊，可謂讀《騷》有識者矣。然惜其仍落前人窠臼，未能拔乎其萃，特有一二可異者。"美人遲暮"句，注云："至此方入題。"又《招魂》"遺視矊些"句，注云："此所謂'臨去秋波那一轉'也。"二語恰與予同，大奇。此書無刊本，識此以存其人。

十六、拙注稱箋,仿鄭康成注《毛詩》例。各有發明,以發前人未發之義。其中間有未盡及文外之意,附注於後,以便讀者參觀。

十七、所采諸家均有姓氏總目,注中惟記書名,不標姓氏,亦省繁也。

參引諸家

離騷傳　淮南王劉安

離騷章句　王逸

辨騷　劉勰

史通　劉知幾

文選六臣注　李善、吕延濟、劉良、張銑、吕向、李周翰

天對　柳宗元

離騷補注　洪興祖

離騷集注　朱晦菴

離騷草木疏　吳仁傑

離騷集傳　錢杲之

楚詞疏　陸時雍

文選瀹注　閔赤如

天問別注　周拱臣

閔本批點　陳深

繪像楚詞　來欽之

楚詞聽直　黃文煥

楚詞評林　沈雲翔

離騷解義　李安溪

天問補注　毛奇齡

楚辭鐙　林雲銘

離騷正義　方靈皋

文選評　何義門

屈辭洗髓　徐文煥

離騷節解　張德純

楚辭評注　王萌、姪王遠

文選評注　方榕川

楚詞詳解　奚蘇嶺

騷辯　朱冀

騷辯彙訂　王貽六

離騷新注　屈復

山帶閣注　蔣驥

楚詞節注　姚培山

楚詞約注　高秋月

楚詞讀本　方人傑

楚辭發蒙　練湖女子陳銀

文選音義　余簫客

屈騷心印　夏大霖

史記列傳

屈原者,名平,楚之同姓也,爲楚懷王左徒。博聞强志,明於治亂,嫻於辭令。入則與王圖議國事,以出號令;出則接遇賓客,應對諸侯。王甚任之。

上官大夫與之同列,爭寵而心害其能。懷王使屈原造爲憲令。屈平屬草稿未定,上官大夫見而欲奪之,平不與,因讒之曰:"王使屈平爲令,衆莫不知,每一令出,平伐其功,曰:'非我莫能爲也。'"王怒而疏平。

平疾王聽之不聰也,讒諂之蔽明也,邪曲之害公也,方正之不容也,故憂愁幽思而作《離騷》。離騷者,猶離憂也。夫天者,人之始也;父母者,人之本也。人窮則反本,故勞苦倦極,未嘗不呼天也;疾痛慘怛,未嘗不呼父母也。屈平正道直行,竭忠盡智以事其君,讒人間之,可謂窮矣。信而見疑,忠而被謗,能無怨乎?屈平之作《離騷》,蓋自怨生也。《國風》好色而不淫,《小雅》怨誹而不亂,若《離騷》可謂兼之矣。上稱帝嚳,下道齊桓,中述湯、武,以刺世事。明道德之廣崇,治亂之條貫,靡不畢見。其文約,其辭微,其志潔,其行廉,其稱文小而其指極大,舉類邇而見義遠。其志潔,故其稱物芳;其行廉,故死而不容。自疏濯淖污泥之中,蟬蛻於濁穢,以浮游塵埃之外,不獲世之滋垢,皭然泥而不滓者也。推此志也,雖與日月爭光可也。

屈平既絀,其後秦欲伐齊,齊與楚從親,惠王患之。乃令張儀佯去秦，厚幣委質事楚，曰："秦甚憎齊，齊與楚從親，楚誠能絕齊，秦願獻商、於之地六百里。"楚懷王貪而信張儀，遂絕齊，使使如秦受地。張儀詐之曰："儀與王約六里，不聞六百里。"楚使怒去，歸告懷王。懷王怒，大興師伐秦。秦發兵擊之，大破楚師於丹、浙，斬首八萬，虜楚將屈匄，遂取楚之漢中地。懷王乃悉發國中兵以深入擊秦，戰於藍田。魏聞之，襲楚至鄧。楚兵懼，自秦歸。而齊竟怒不救楚，楚大困。

明年，秦割漢中地與楚以和。楚王曰："不願得地，願得張儀而甘心焉。"張儀聞，乃曰："以一儀而當漢中地，臣請往。"如楚，又因厚幣用事者臣靳尚，而設詭辭於懷王之寵姬鄭袖。懷王竟聽鄭袖，復釋去張儀。是時屈平既疏，不復在位，使於齊，顧反，諫懷王曰："何不殺張儀？"懷王悔，追張儀不及。其後，諸侯共擊楚，大破之，殺其將唐眛。

時秦昭王與楚婚，欲與懷王會。懷王欲行，屈平曰："秦虎狼之國，不可信，不如無行。"懷王稺子子蘭勸王行："奈何絕秦驩！"懷王卒行。入武關，秦伏兵絕其後，因留懷王以求割地。懷王怒，不聽。亡走趙，趙不內。復之秦，竟死於秦而歸葬。

長子頃襄王立，以其弟子蘭爲令尹。楚人既咎子蘭以勸懷王入秦而不反也。

屈平既嫉之，雖放流，眷顧楚國，繫心懷王，不忘欲反，冀幸君之一悟，俗之一改也。其存君興國而欲反復之，一篇之中三致志焉。然終無可奈何，故不可以反，卒以此見懷王之終不悟也。人君無智愚賢不肖，莫不欲求忠貞以自爲，舉賢以自佐。然亡國破家相隨屬，而聖君治國累世而不見者，其所謂忠者不忠，而所謂賢者不賢也。懷王以不知忠臣之分，故内惑於鄭袖，外欺於張儀，疏屈平而信上官大夫、令尹子蘭，兵挫地削，亡其六郡，身客死於秦，爲天下笑。此不知人之禍也。《易》曰："井渫不食，爲我心惻，可以汲。王明，並受其福。"王之不明，豈足福哉！

令尹子蘭聞之大怒，卒使上官大夫短屈原於頃襄王，頃襄王怒而遷之。乃作《懷沙》之賦，於是懷石自沈汨羅以死。後有楚宋玉、唐勒、景差之徒者，皆好辭而以賦見稱，然皆祖屈原之從容辭令，終莫敢直諫。其後，楚日以削，數十年竟爲秦所滅。自屈原沈汨羅後，百有餘年，漢有賈生名誼，渡湘水爲賦以弔屈原。

　　太史公曰：余讀《離騷》《天問》《招魂》《哀郢》，悲其志。適長沙，觀屈原所自沈淵，未嘗不垂涕，想見其爲人。及見賈生弔之，又怪屈原以彼其材游諸侯，何國不容，而自令若是。讀《服鳥賦》，同死生，輕去就，又爽然自失矣。

屈原外傳

[唐]沈亞之

昔漢武愛《騷》，令淮南作傳，大概屈原已盡於此，故太史公因之以入《史記》。外有二三逸事，見之雜紀、方志者尤詳。屈原瘦細美髯，丰神朗秀，長九尺，好奇服，冠切雲之冠，性潔，一日三濯纓。事懷、襄間，蒙讒負譏，遂放而耕，吟《離騷》，倚耒號泣於天。時楚大荒，原墮淚處，獨産白米如玉。《江陵志》有玉米田，即其地也。嘗游沅、湘，俗好祀，必作樂歌以樂神，辭甚俚。原因棲玉笥山，作《九歌》托以風諫。至《山鬼》篇成，四山忽啾啾若啼嘯，聲聞十里外，草木莫不萎死。又見楚先王廟及公卿祠堂圖畫，天地山川神靈琦瑋僪佹，與古聖賢怪物行事，因書其壁，呵而問之。時天慘地愁，白晝如夜者三日。晚益憤懣，披蓁茹草，混同鳥獸，不交世務。采柏實，和桂膏，歌《遠游》之章，托游仙以自適。王逼逐之，於五月五日遂赴清泠之水。其神游於天河，精靈時降湘浦，楚人思慕，謂爲水仙。每値原死日，必以筒貯米投水祭之。至漢建武中，長沙區回白日忽見一人，自稱三閭大夫，謂曰："聞君嘗見祭，甚善，但所遺並蛟龍所竊。今有惠，可以楝樹葉塞，上以五色絲轉縛之，此物蛟龍所憚。"回依其言。世俗作粽并帶絲、葉，皆其遺風。晉咸安中，有吳人顔珏者,泊汨羅。夜深月明,聞有人行吟曰:"曾不知夏之爲丘兮,孰兩東門之可蕪?"珏異之,前曰:"汝三閭大夫耶?"忽不見其所之。《江陵志》又載:"原故宅在姊歸,鄉北有女嬃廟,至今擣衣石尚存。時當秋風夜雨之際,砧聲隱隱可聽也。"嘻,異哉!原以忠死,直古龍、比者流,何以没後多不經事?特千古《騷》魂鬱而未散,故鷟熊雖久不祀,三閭之迹,猶時仿佛占斷於江潭澤畔、蒹葭白露中耳。

屈辭精義卷之一

江都陳本禮箋訂
男逢衡校讀

離　騷

【發明】《騷》辭首變《三百》體製,爲詞賦之祖。其創格之奇,前有序,後有亂,中間往復鋪叙,情詞愷惻,一波未平,一波又起。"女嬃"以下諸章純用比喻,而幽衷苦意一一曲繪而出。淮南王曰:"《國風》好色而不淫,《小雅》怨誹而不亂。若《離騷》,可謂兼之矣。"太史公曰:"其辭微,其志潔,其行廉,其稱文小而其指極大,舉類邇而見義遠。"千古以來,善説《騷》者,惟淮南與龍門二人而已。餘如子雲《反騷》、孟堅《序騷》,直門外漢。他若叔師《章句》、劉勰《辯騷》、柳州《天對》,固毋庸瑣瑣矣。

【淮南王曰】《國風》好色而不淫,《小雅》怨誹而不亂。若《離騷》,可謂兼之矣。蟬蜕濁穢之中,浮游塵埃之外,皭然泥而不滓，推此志，雖與日月爭光可也。

【王逸曰】《離騷》之文，依《詩》取興。善鳥香草，以配忠貞；惡禽臭物，以比讒佞；靈修美人，以媲君；虙妃佚女，以譬賢臣；虯龍鸞鳳，以托君子；飄風雲霓，以喻小人。其詞温而雅，其義皎而朗。

帝高陽帝顓頊，楚之先。**之苗裔兮，朕皇考曰伯庸**。屈子父字。**攝提**歲支在寅曰攝提格。**貞**正也。**於孟陬**寅月。**兮，惟庚寅**寅日。**吾以降**。叶洪，誕生也。

【箋】開首標一"貞"字，便見生時已得乾剛四德之一。叙祖考，見世德之美；紀年、月、日，見生時之美，皆所謂"內美"也。

【節解】首溯與楚同源共本，世爲宗臣，便有不能傳舍其國而行路其君之意。

皇皇考也。**覽揆予於初度**天之躔度初周，晬盤日也。**兮，肇錫予以嘉名。名予曰正則兮，字予曰靈均**。高平曰原，故名之以平，字之曰原。正則、靈均釋名、字之義。都元敬曰："正則、靈均乃其小名、小字。"

【箋】《禮》："子生三月而名之，既冠而字之。"三閭名、字不錫在一時。度者，天之躔度，日周天三百六十一度四分之一，又值始生之度。曰"初度"，韶齡成歲矣。若以初生爲度，豈胎髮未乾，遽即覽揆錫之以名、字乎？況取俎豆而提干戈，必待知識初開，而後可以覽其靈明聰慧也。

【邵璜曰】述世系、名、字，不言姓者，楚同姓也。已爲宗姓，乃遠述高陽，近不本封國者，大夫不敢祖諸侯之義。

【正誤】初度，舊詁指爲氣度、爲時節及爲年、月、日皆支首者，均誤也。

【眉注】正則、靈均，跟上"貞"字來，乃伯庸取以名子之義。《離騷》明明自道，何以史遷曰名"平"，又曰"原"者？豈古人果有乳名小字，如令尹子文之一名鬭穀於菟耶？①

紛吾既有此內美天工。兮，"紛"字倒句。又重重用其力。之以修《發蒙》："'修'字是眼，結上生下。"能。叶侔，學力。扈被。江離蘼蕪。與辟薜荔。芷兮，紉結。秋蘭以爲佩。"扈""紉"見"修能"之功用。

【解義】扈者，被服在身，以喻德美。佩者，隨身取用，以興材能。

【節解】蘭芳，秋而彌烈，君子佩之，所以象德。篇中香草取譬甚繁，指各有屬。此則首喻己之博采衆善，以爲修飾也。

汩水流疾貌。余若將弗及兮，恐年歲之不吾與。朝搴阰音毗，楚南山名。之木蘭兮，夕攬洲之宿莽。叶米。"朝""夕"，即"若將弗及"意。

【解義】若將弗及，修之勤也。木蘭去皮不死，則德行益貞。宿莽經冬不枯，則材能彌茂。

【發蒙】"汩"字新雋。已上自叙年譜，簡潔秀麗，開《史》《漢》之先。

日月忽其不淹兮，春與秋其代序。惟草木頂上諸芳。之零落兮，草彫曰零，木損曰落。恐美人之遲暮。上三句照下美人，

---

① 本條爲陳氏手箋裹露軒藏板的眉注。以下眉注皆仿此。

文法倒裝。《發蒙》："草木自喻，美人比君，此方入題。"

【箋】以美人稱君，本《詩·柬兮》之章。君子進德修業，既自強不息，尤欲君之及時用賢圖治也。"美人"句乃《離騷》命意入題處，爲全《騷》之根。後文"求女"諸章，皆從此處發脈。末則歸到"西海爲期"，又專爲此西方之美人也。此如靈芽初苗，循其脈而尋之，則千枝萬葉，無非一本之所發也。讀至"國無人，莫足與爲美政"，"美人"二字雙收，則葉落歸根，仍不離乎宗祖，此一篇之大旨也。

不撫壯而棄穢兮，指上"美人"言。何不改乎此度舊染之污也？**乘**乘。**騏驥**君用賢。**以馳**同馳。**騁兮**，臣效命。來勉而望之之詞。**吾道導**也。**夫先路**。通篇點睛扼要，在"撫壯""棄穢""乘騏驥"三層。故開首即痛切言之，非泛泛作指點語。

【箋】此原欲以師保自任，如伊尹之相湯、周公之輔周也。君圖治，則竭輔弼股肱之力；君用賢，則盡吐哺握髮之忱。其規模宏遠，情詞懇切，直與《伊訓》《説命》相表裏，此《騷》之所以稱經也。

【正義】穢謂羣小，騏驥喻賢人。欲君去穢，故下言三后之用芳；欲導君以先路，故陳堯舜之遵道；欲諷君以改度，故述桀紂之窘步、邪徑之幽險；憂皇輿之敗績，故欲奔走先後，以及前王之踵武，皆所謂導以先路也。

昔三后禹、湯、文。**之純粹兮，固衆芳之所在**。叶紫。《騷辯》："三后純粹，雖聖德使然，要在乎信任衆芳。""在"字倒裝。**雜叢萃。申椒與菌窖。桂兮，豈維紉乎蕙茝**。純粹，德之精而一也。然非兼備善行，小大不遺，則無以爲純粹。故以衆芳比之，不專指賢才也。

【節解】椒芳以實，菌芳以根，桂芳以皮，蕙茝以葉，博取而精采也。

【辭鐙】椒、桂帶辣氣，以其香猶用之，不但用純香之蕙茝而已。喻逆耳之言亦能受也。

【騷辯】大旨全側重任賢一邊。蓋用衆芳即是"乘騏驥"，乃本章之來路。衆芳蕪穢，又本章後文之去路也。如此看方能前後脈絡貫通。

【正誤】"三后"舊誤爲"三皇"，又有訛爲《呂刑》之"三后"者。

彼堯舜之耿光。介大。兮，《發蒙》："耿介，謂德性見巍煥氣象。"既遵道光明正大之道。而得路。正路。何桀紂之昌被猖披。兮，夫惟捷徑邪徑。以窘步。

【箋】由三后上溯堯舜，落出桀紂，正爲懷王痛下一針。

【騷辯】文明之運盛於中天，故德業之光大必推堯、舜。而堯、舜治天下，莫先於爲天下得人，所以一切水火工虞，皆得其所當行之路，故能成其耿介，爲千古君臣極則也。桀、紂不循是道，一味猖狂自恣，疏斥忠良，朝無正臣引君當道，故所行皆苟且不正之路，所以速其覆亡之禍，千古殷鑑也。

惟黨人仿《春秋》特書之例。之媮一作偷。樂兮，小人不知國家安危大計，日惟導君於聲色犬馬，縱恣偷樂，而不知國政日非、疆事日壞矣。路邪路。幽昧以險隘。叶扼。豈余身之憚殃兮，恐皇大。輿君之所乘。之敗績。《春秋》書戰，大崩曰敗績。

【箋】黨人爲罪之魁、禍之首也。路幽昧，則詭譎可知。險者設阱以陷人，隘者極力排擠，使人無容身之地。一人傾之，十人下石，所謂黨也。是時楚懷兵敗地削，子質於齊，受欺於秦，疆事日壞，國政日非，而在廷群小不能卧薪嘗膽，猶日詔佞成風，苟安是圖。屈子宗臣，與國休戚相關，目不忍視，故大書特書，以重著其罪也。

忽奔走以先後兮，及前王之踵武。荃不敢顯言君，故以香草呼之。不揆余之中情兮，反信讒《發蒙》："至此方點'讒'字，然已聲咽而不能出矣。"而齌音劑。怒。叶弩，積怒含恨也。

【騷辯】此指爲左徒時，與王圖議國政，直言正諫也。奔走，比遇事輒盡言，若惟恐赴救之無及，而竭蹶以趨也。先者，閑其邪於未形。後者，争其失於已著。踵武者，穆、莊以來強盛之遺迹也。其如黨人已有先入之言，而徒益君心之怒哉？

余固知謇謇之爲患兮，忍而不能舍叶墅。也。謇謇固知爲取怒之根，無如事係安危，非宗臣所能恝置也。指九天以爲正兮，太史公曰："人窮則反本，未有不呼天者。"此呼天之詞也。夫惟靈修稱君之詞。之故也。結出賦《騷》正意。

【箋】已上《離騷賦序》。詞賦有序，自《離騷》始。先序其作《騷》之由，然後鋪陳始終而賦其事以明之也。後世班孟堅、左太冲《兩都》《三都》皆有序，實肇於此。前賢未經劃出，以致序與經文淆亂不分，故讀者每嫌其重複顛倒耳。

【史通】《離騷經》首上陳氏族，下列祖考；先述厥生，次顯名字。自叙發迹，實基於此。降及司馬相如，始以自叙爲傳，實馬遷、揚雄、班固自叙篇之祖。

【右第一節序文】凡十一解。起如昆侖起祖，來脈甚遠；落如峰窩結穴，其義甚深，其氣甚厚，非一丘一壑所能盡其蘊也。

曰標經正文,故以"曰"字另起。黃昏以爲期兮,羌楚語,猶何爲也。中道而改路。叶若羅。

【箋】親迎之禮,以昏爲期。此大夫自述筮仕之初,猶之女子適人,一經聘訂,遂以終身。黃昏爲期,"及爾偕老"之誓也。中道改路,則"不我屑以"、"不思其反"。此從《谷風》《氓蚩》章之見棄於其夫也脫化而出。

【正誤】案:"黃昏爲期"二語,洪興祖曰:"王逸不注此二句,疑後人所增。"朱子曰:"洪說雖有據,安知王逸以前已脫此兩句耶?"考今王逸本,現有此二句。惟《文選》脫此句,似昭明不知《離騷》有叙,特刪此二語,使叙、文聯成一篇,故後世以訛傳訛,實自昭明始也。

初既與余有成言兮,後悔遁遁辭知其所窮。而有他。讀佗。余既不難夫離別兮,傷靈修之數化。叶訛。何《評》:"不難別先頓一筆,伏後遠逝張本。"

【箋】成言,"黽勉同心"之言也。悔遁有他,則"女也不爽,士貳其行"矣。君既疏臣,則臣當引退。竊恐已棄之後,君心罔極,日變日化,不但不我能慉,反以我爲讎,是可傷也。

余既滋蘭之九畹二十畝。兮,又樹蕙之百畝。同畝。畦五十畝。留一作蕾。夷與揭一作藒。車兮,雜杜衡與芳芷。此是其平昔鞠躬盡瘁處。

【箋】此言我既廣植蘭蕙,以備紉佩之用,又復多種香草,爲國家培植人材,亦猶"旨蓄御冬"之計,詎一朝齎怒,竟"不念昔者,伊余來墍"之時矣。

【奚注】上二語喻已之修身不倦,下二語喻已之收羅賢才,以待進用,是兩層。

【騷辯】此見疏後追溯爲左徒時,培植善類,期與共爲美政也。蘭爲國士之香,蕙似蘭而香不逮,殆質美而學未充者。留夷、揭車,香又次於蕙,皆可以備治繁劇之才,作應對之選。杜衡、芳芷,小草之微香者,以比一藝之長無不兼收而並采也。

冀枝葉之峻茂兮,願俟時乎吾將刈。願及時而進用。雖萎絶其亦何傷兮,見身雖被疏,而芳香不改也。哀衆芳之蕪穢。

【箋】特恐己去之後,群芳無主,士氣沮喪,必致變而爲穢矣。人之云亡,邦國殄瘁,豈不哀哉?

【奚注】承上章,言本欲儲才以待己之進達,今己雖見絶於君,亦何傷乎?可哀者,衆賢皆廢也。愀然有一君子退衆君子皆退,一小人進衆小人皆進之感。

【解義】三后之盛,所資者衆芳耳。我昔爲國培植,冀其及時收用。今則不傷其萎絶,而哀其蕪穢。雖萎絶,芳性猶在也;蕪穢,則將化而蕭艾,是乃重可哀已。

衆頂上衆芳。皆競進以貪婪兮,憑楚人謂滿曰憑。不厭乎求索。讀素。貪婪無厭,總不滿欲。羌内恕己以量人兮,責己則暗,責人則明。各興心而嫉妒。

【箋】此專指蕪穢之衆芳言,蓋黨人不足責矣。茲所樹之一二君子,猶望其砥礪廉隅,扶持世道,不意衆皆競進而入於黨人之局,日流於貪索而不厭,反責人之不己若,各興心而嫉妒也。

忽馳騖以追逐兮,非余心之所急。老冉冉其將至兮,恐修名嫮修廉潔之名。之不立。

【箋】此追溯未疏時，黨人見王之任我，忠謀日進，得毋謂我亦同若輩，馳騖追逐於功名之場，故益加排擊，然反之予心，實非所急。"君子疾没世而名不稱"，固在此不在彼。"老冉冉"，托爲自勉之辭，以釋妒者之疑也。

【發蒙】"非余心"極尖冷，能令妒者茫然。原非好名者，曰"名"，特對貪妒者言耳。

朝飲木蘭性堅不死。之墜露兮，夕餐秋菊晚節耐霜。之落始。英。讀央。苟余情其信姱以練要兮，所修精煉，所守要約也。長顑頷顑頷，面苦饑而有菜色也。亦何傷。

【洗髓】承上，所急非彼，所恐在此。故雖朝無飲，但飲木蘭之墜露；夕無餐，但餐秋菊之落英。清貧若此，顑頷可知，正與貪婪之輩相反。

擥木根木蘭根鬚可緝爲綫。以結茝兮，將以爲扈也。貫薛荔之落蕊。將以爲裳也。矯菌桂以紉蕙兮，索胡繩香草。之纚纚。將以爲佩帶也。

【箋】此見疏於君而益務自修也。《蹇》之《象》曰"山下有水"，"君子以反身修德"。屈子當匪躬之時，值群小之慍，亦惟有進思盡忠，退思補過，以盡王臣之節而已。至於成敗利鈍，非所計也。此雖自警，亦暗寓平昔納誨之辭。墜露者，先聖緒言。落英者，時王新義。木根以重根本，荔蕊以謹細行。菌桂辛辣以喻法言，蘭蕙清香以喻巽語。索之胡繩，則約束其身心而不得縱恣也。此見既疏後，猶復謇謇不休也。

【蔣注】前言扈芷，此更以木根之堅勁者結之，益以荔蕊貫之。前言佩蘭，此更以菌桂之辛烈者紉之，益以胡繩爲索而束之。明摧折之後，所修益加勵也。

【右第二節經文】凡七解。已上傷靈修、哀衆芳、表貞潔作三層。入首以清經之來脈，庶序不與經混。章法既明，則以下文義層次可迎刃而解矣。

謇承序中"謇"字來。吾法乎前修兮，非世俗之所服。雖不周於今之人兮，願依彭咸殷賢大夫，諫君不聽，投水死。之遺則。

【箋】謇則必不能周於今人。依彭咸遺則，蓋預爲自處地步。

長太息以掩涕兮，哀民泛指孤臣孽子言。生之多艱。余雖好修姱以鞿羈羈如馬絡。兮，謇兩"謇"字分點。朝誶訽。而夕替。叶。廢也。何曰："'涕''替'，首尾叶。"

【箋】此明因謇被替之故。鞿如馬鞿在口，羈如馬革絡首，比己欲言，既不敢逆鱗以招尤，欲行又不敢觸機以致悔，而仍復朝被訽而夕被替也。

既替余以蕙纕佩帶。兮，又申之以攬茝。見替非一次。亦余心之所善兮，雖九死"死"字初見。其猶未悔。

【箋】人不難於一死，難於九死。既以蕙纕見替，則宜知悔矣。又申之攬茝而猶不悔，以見其立志之堅如此，非死生所能搖撼者，以起下文"怨"字。如箭在弦，不得不發，不然則臣子之於君，豈敢輕露一怨字哉？

怨靈修之浩蕩兮，終不察夫民心。衆女嫉余之蛾眉兮，謠貝錦之音。諑浸潤之譖。謂余以善淫。至此不得不怨矣。

【騷辯】大夫見忌於群小，如蛾眉之入宮而見妒。大夫以修姱爲立名，群小即指修姱爲炫俗。大夫以謇直爲法前修，群小即指謇直爲暴君過。蛾眉而誣以善淫，何患無辭？彼有其具，君子其奈此小人何哉？

固時俗之工巧兮，借謡諑爲工巧。偭規矩而改錯。反常妄作。背繩墨以追曲兮，詭道以從時。競周容苟合以取容也。以爲度。

【發蒙】"競周容"三字，刻畫傳神之筆。"度"字映前。

【騷辯】《説文》："偭，向也。"與下句"背"字對待成文。上句是睹面相向而任意更張，下句是顯然背馳以逞其機便，追曲則更險而毒。凡所以陷君子者，不極不毒。

【正義】始以巧嘗者，尚自知其偭與背。至競以爲度，則并不知其偭與背矣。

忳豚。鬱邑予侘傺吒際。兮，吾獨困窮乎此時也。寧溘死"死"字再見。而流亡兮，余不忍爲此態叶。邪淫之態。也。兩"也"字，一吞聲而悲，一放聲而哭也。

【彙訂】"忳鬱邑""余侘傺"，許多字面極寫窮困之狀。獨窮乎此時，即《詩》"不自我先，不自我後"之意。顧影自傷，歔欷欲絶。

【騷辯】前章忍不能舍，是大夫不忍明哲保身。此章不爲時態，是大夫不忍臨難改節。後章説到終古，則大夫直不忍與小人同戴日月矣。

鷙鳥鷹鸇①類，喻忠直。之不群兮，自前世而固然。何方

---

① 鸇，原作"顫"，據[宋]洪興祖撰、白化文等點校《楚辭補注》(中華書局1983年3月第1版)改。

圜之能周應前"不周"。兮，方柄不入圜鑿。夫孰異道而相安？叶奄。

【箋】已上反復論說，皆申言其所以不能周於今人。

屈心而抑志兮，忍尤而攘詬。詢。同訽。伏清白以死"死"字三見。直兮，固前聖之所厚。何《評》："厚，重也。遲回鄭重，不遽引決也。"

【箋】已上凡三言"死"字，皆爲"怨"字洗發，以見其不得已之心也。而末復插入一"固"字者，繳足上文三"死"字，又爲下文"悔"字漏泄春光一綫。蓋受怨誹之誅，國法或不可逃，若因謠諑之辱，其死固可少緩。何也？我與君國休戚相關。竊恐己一死後，君終不悟，國事日非，必致社稷傾危。蓋君與社稷重而死爲輕，不妨稍緩以冀其一朝改悟也。倘九原不復，不但重傷吾君之心，更恐益吾君之過矣。用"固"字一勒，吸起下文"悔"字，如珀引芥。

【節解】古固有志行皎然，寧直道以死，不肯枉道以生者，如比干、夷、齊之見稱於孔子，安在知我者之無人乎？夫受謗於群小而見稱於聖人，屈於一時而信於百世，從違之間，不再計決矣。

【右第三節】凡八解。已上法前修、被詬詈、受謠諑亦用三層承上，是死之志決矣。末用一"固"字，稍爲放活，蓋不如此，則下文無轉身之地矣。文字之巧，要在死中求活。

悔《發蒙》："'悔'字映前。"相視也。道之不察兮，延佇乎將作歸田計，故臨去而徘徊也。吾將反。王庶幾改諸，則必反予。回朕車以復路舊山之路。兮，及行迷之未遠。陶潛《歸去來辭》"悟已往之不諫,知來者之可追。實迷途其未遠,覺今是而昨非",正祖此意。

【箋】道,死直之道。君之不察,或昧於一時;己之不察,則迷於一世。倘君心可格,何妨再圖悟主之方,故有延佇將反之思也。

【正義】既反覆審處,謂舍死無他塗矣。又復自悔輕身以就死,亦相道之不察也。處死不審,乃行之迷也。進不見用,尚可退而自修,存身隱處以俟時也。

【正誤】"相"字,諸家皆作"輔相"字解。且謂回車為不肯背道行遁,迷途即所欲去之路。誤也。

步余馬於蘭皋歸途芳徑。**兮,馳椒丘**山居舊圃。**且焉止息。**見行止栖息,猶然昔日之芬芳,故步也。且焉者,聊且為稅駕之地也。**進不入以離尤兮,退將復修**製也。**吾初服。**初衣。

【箋】首二語,正淵明所謂"三徑就荒,松菊猶存","既窈窕以尋壑,亦崎嶇而經丘"也。回車之後,既無官守,又無言責,則我之進退,豈不綽綽有餘裕哉?初服,江蘺辟芷之服也。

【外傳】原故宅在江陵姊歸鄉,有女嬃廟,至今擣衣石尚存。江陵有玉米田,即原所耕之地。原蒙讒被放,耕吟於野,倚耒號泣,時楚大荒,原墮淚處,獨產白米如玉。

製芰荷以為衣兮,集芙蓉以為裳。不吾知其亦已兮,苟余情其信芳。孫月峰曰:"下二語是倒句法。"

【箋】原雖退居林下,而愛芳舊習仍然,屈強傲世。既曰"不吾知其亦已兮",而又曰"苟余情其信芳",則是口中欲已,而心中尚不欲其已,猶冀表異於人也,所以後文復有"往觀四荒"之語。

高余冠之岌岌兮，長余佩之陸離。光彩。芳氣之馨。與澤色之潤。其雜糅錯。兮，唯昭質光明本體。其猶未虧。《發蒙》："見得透，亦唯自信得過。"

【箋】《原外傳》："原細瘦美髯，丰神秀朗。好奇服，冠切雲之冠。"蓋大夫本好修潔，而此又寫得分外出色。既以自負，并以自矜。顧盼自恣，使旁觀者不可耐，此已大不悅於阿姊之目矣。佩，跟序中"紉秋蘭以爲佩"來。

忽反顧以游目兮，將往觀示。乎四荒。國中之人不吾知也已，或者四荒之外有愛我者乎？佩繽紛其繁飾兮，芳菲菲其彌章。

【箋】反顧游目，大有"顧影自憐還自嘆，不知傾國是何人"之感。菲菲彌章，則更加意修飾，以圖表異，此又大不愜乃姊之意，所以動其申申之詈也。

【正義】隱居獨善，已無意於人世矣，忽反顧昭質之未虧，而不忍坐視滔滔之天下。故欲往觀四荒，或有重我之佩飾、好我之芳菲者乎？

【正誤】《爾雅》："觀、指，示也。"故屈辭凡"觀"字皆從"示"義，他本悉作"看"字解，於文義不合。

【眉注】將往者，虛擬之詞，不知適觸乃姊之怒。蓋女嬃素不喜原以芳菲表異，況欲往觀於四荒乎？此原所以受其詈而卒無以自解也。

民生各有所樂兮，余獨好修以爲常。雖體解吾猶未變兮，豈余心之可懲。叶張。

【箋】此以好修自解，初非求異於人，祇自修其在我者而已，豈見替見申所能懲余心而改節乎？蓋大夫不肯苟且用世，故復以體解爲誓，仍是前次九死不悔故智。逼起下文，爲女嬃責原張本。

【右第四節】凡七解。已上悔相道、修初服、觀四荒，又分三層作轉，章法一變。

女嬃原姊。之嬋媛賢淑貌。兮，申申其詈予。叶與，數讁之也。曰鯀婞直以亡身兮，終然夭乎羽之野。叶墅。前車之覆，近在本宗，可以爲鑑。

【箋】原以屢遭斥逐之人，不痛自懲戒，仍以婞直自鳴，無所忌憚。其姊眼見乃弟如此情狀，將來禍必殺身，故不得不痛加勸戒，以冀少貶其志而保其身也。此借女嬃爲中峰起頂，以下陳辭、上征、占氛、占咸，總從此一詈生出，章法奇幻。

【補注】《水經注》：“屈原有賢姊，聞原放逐，亦來歸喻，令自寬全。鄉人冀其見從，因名曰姊歸。縣北有原故宅，宅之東北有女嬃廟，擣衣石猶存。”女嬃之意，蓋欲原爲甯武子之愚，不欲爲史魚之直耳，非責其不能爲上官、椒、蘭也。

汝何博謇而好修兮，紛獨有此姱節。二語宛然婦女聲口。薋菉藜。菉王芻。葹枲耳。三者皆惡草。以盈室兮，判獨離而不服。

【騷辯】博，取也，與“好”字對。姱節，又總承之。立朝固貴謇諤，博則似乎因君之過臣以成名。君子固當自修，好則似乎有心立異，沾沾自喜。古大臣事君，往往屛人極論，退無後言，不矜不伐，故能名垂竹帛而身安於太山。若己侈然自以爲姱節，世人亦群然歎羨，以爲惟若人獨有此姱節，取忌賈禍，莫此爲甚。此姊嬃"何"字一詰,道著病根,令大夫無言可對者也。薋、菉、葹之惡草,本當遠離不服,何況大夫?但姊所不滿者,在一"判"字,與上章"婞"字相對,同爲賈禍之本。蓋鯀之終夭,由於剛狠外露;原之見嫉,由於疾惡太嚴。從來正人塗炭,往往因群小擯於清議,無地自容,激成門户之變,皆此一"判"字爲之也。

衆不可户説兮,孰云察余<small>姊代言。</small>之中情。世並舉而好朋兮,夫何煢獨而不余<small>嬃自謂。</small>聽?<small>舉朝皆營私結黨,惟友言是好。且他山之石,猶可攻玉,何家庭之言,反藐而置之耶?怪之之詞。</small>

【彙訂】女嬃三以"獨"字詰大夫。"獨"非大夫所諱,"獨好修以爲常",大夫不嘗自云乎?特衆好爲朋,便見爲獨耳。舉世滔滔,原獨獨行踽踽。姊嬃之云若責之,實深痛之也。

依前聖以節中兮,<small>追維平昔之所守。</small>喟憑心而歷兹。<small>嘆息今日之所遭。</small>濟沅湘以南征兮,就重華而敶詞。<small>舜廟在蒼梧。</small>

【箋】即借乃姊"節"字,婉言以答之。而又曰"中"者,正以解乃姊"博""好""紛獨"四字督責之深也。蓋博好則不免有矯強之弊,紛獨則不無有固執之愆,由中而行正,依先聖直道,以礪此苦節之貞耳。就重華敶詞者,因被乃姊之責,無以自明,故特將平昔諫君之詞,托敶重華以正其是非之中也。

啓《九辯》與《九歌》兮,夏康娱以自縱。不顧難以圖後兮,五子用失乎家衖。<small>同弄。太康盤游無度,田於洛南,十旬不反,爲羿所弒。</small>

【箋】以下即所敶之詞,娱以自縱,實緊就懷王對症發藥,使懷王聞之,能不芒刺在背?

羿淫游以佚畋兮，又好射夫封狐。伯封，后夔子。國亂流其鮮終兮，浞又貪夫厥家。叶姑。有窮后羿篡太康位，不恤民事，任用寒浞。浞行媚於內，施賂於外。羿田將歸，使家臣逢蒙射殺之，取羿妻純狐，即奔月之姮娥也。

【箋】淫游畋獵，此又懷王膏肓之疾。然語至"國亂鮮終"，針砭已甚，況又加之以"貪夫厥家"，能不令懷王怒而生嗔耶？

澆身被強圉同襲，多力也。兮，縱欲殺謂弒夏后相也。而不忍。正言忍也。日康娛以自忘兮，忘羿之被殺。厥首用夫顛隕。浞取羿妻，生澆，多強力，殺夏后相，日作淫樂。相子少康，殺澆復國。

【箋】此較前辭更加厲。浞能殺羿，子敢弒帝，機有可乘，禍生不測。況澆亦因康娛隕首，為人君者豈可縱欲康娛而不知戒耶？已上由羿以至浞、澆，皆夏之亂臣賊子，而援以比君，使懷王能不聞而倍恨耶？此賈禍之所由來也，此所以招阿姊申申之詈也。

夏桀之常違二字倒裝。兮，乃遂焉而逢殃。后辛之菹醢菹梅伯，醢鄂侯。兮，殷宗用之不長。

【箋】前貶太康、浞、澆，此又痛責夏桀、殷辛，皆非諫君立言之體。然其所以激烈如此者，蓋是時齊、秦、吳、魏之兵交攻於外，而懷王內寵鄭袖，外畋雲夢，巫山雲雨，至形於夢寐，侈為立廟，則高唐神女之淫蹤，應不減竊藥奔月之姮娥矣。"淫游"二字，尤觸所忌。殺身不免，豈僅朝誶而夕替已耶？

湯禹儼而祗敬兮，周論道而莫差。叶磋。舉賢才而授能兮，循繩墨而不頗。

【箋】前皆庭諍面折之言，此方宛轉規諫。蓋謇謇則言非一次，特總借"詷詞"一語寫出，以補前文未備，而又爲下文"陳辭"粉本，且以見女嬃責原婞直之非虛。此數章乃原一生被疏、被替、被放逐病根，受讒、受間、受謠諑機關。一篇筋脈所維繫處，豈可草草讀過？

皇天無私阿兮，覽民德焉措輔。夫維聖哲之茂行兮，苟得用此下土。

【箋】天命難諶，惟德是輔。措輔者，有德此有人。苟得者，有人此有土。要在人君之自茂其行而已。

瞻前而顧後兮，相觀民之計極。夫孰非義而可用兮，孰非善而可服？

【箋】已上又推之於天道茂行，驗之於民生國計，以見其謇諤之非過，正告其姊，以冀原其不得已之苦心也。

阽危。余身而危死兮，覽余初指被疏、被替言。其猶未悔。不量鑿枘。而正枘兮，固前修以菹醢。

【箋】方枘不入圓鑿，此感乃姊教誡之意，而深信其將不免於步前修之後塵，適如阿姊言"終然夭乎羽之野"也，回應上文。夫姊以關心痛哭之言，諄諄教誡，原即至愚，豈能以"詷詞"一語搪塞，遂置乃姊於不容？不但於理不合，且於文法亦屬疏漏。《騷經》之文如連環鎖甲，如織錦迴紋，讀此則知其前後照應，律法森嚴。

【正義】枘喻己之操，鑿喻君之度。不量君之度，而惟正己之操。持方枘以內圓鑿，前修固以是而菹醢矣。既法前修，焉能辭世患矣？

曾歔欷余鬱邑兮，哀朕時之不當。攬茹柔軟也。蕙以掩涕兮，霑余襟之浪浪。叶郎。

【箋】不怨君之不納其言，而歸恨於生不逢時，竊恐有辜乃姊關切之一片血心也，故復重自悲傷。天性之淚非爲蕙悲，正爲乃姊揮也。人都誤作悲蕙，由其昧於答乃姊之"夫何煢獨而不予聽"也。

【右第五節】凡十三解。已上女嬃詈詞，遙承上文"悔相道"章來。草蛇灰綫，至此一結。以下層巒疊翠，重復開障，大有山斷云連之勢。

跪敷衽以陳辭兮，耿吾既得此中正。叶平。駟玉虬以乘鷖兮，溘埃忽也。埃風余上征。此起頂之第二峰也。

【箋】陳辭，即前陳重華之詞。既不獲仰邀聖鑑，俯答微忱，又不敢忍默偷生，倖逃葅醢，徒抱此耿耿中正，無以自明，惟有號泣於旻天而已矣。況吾前指九天以爲正者，原爲此靈修之故也。今吾進退維谷，不得匍匐而爲上征之舉，以求正於天矣。

朝發軔於蒼梧兮，夕余至乎縣圃。未行而計程之詞。欲少留此靈瑣太帝宮門。兮，日忽忽其將暮。蒼梧是從舜祠發軔。

【箋】《山海經》："昆侖爲帝之下都。"《水經注》："太帝之居懸圃，在昆侖之巔。"原欲就近先謁下都，求太帝之所在，不意太帝未臨。靈瑣閉而未開，時日已暮，急欲上征，我心孔棘也。以下叩閽、求女、遠逝諸章，悉屬寓言，以盡前文未盡之意，讀者當於言外求之。

吾令羲和弭節兮，望崦嵫日入處。而勿迫。路曼曼其修遠兮,吾將上下而求索。叶色。

【箋】此因急欲上叩天門,恐天衢遙遠,流光易邁。勿迫者,諄囑羲和之詞。上下求索,謂既求之於崑侖下都,又求之於昊天金闕也。

【辭鐙】上下求索,正下文"見帝求女"總引。舊注皆作求賢君,是以與國存亡之箕、比,認爲朝秦暮楚之蘇、張矣。

【彙訂】上帝冲居廣莫,以喻君門萬里,欲叩無由。蓋大夫既遭放斥之後,不能再覲天顏。雖一念絶離塵世,而一念仍憂及君國。急圖以中正之道,再進於君。恐日暮途窮,補救莫及。故令羲和弭節,暫稽日輪。庶天衢雖遠,猶得從容求索天帝之所在也。

飲余馬於咸池兮,總余轡於扶桑。折若木神木,其華有光,能照下土。以拂日兮,聊逍遥以相羊。猶徜徉,亦囑大明之詞。

【騷辯】此專叙早行暮宿耳。謂日浴咸池時便飲馬,日出扶桑時便總轡,即"星言夙駕"之意。拂日者,日欲入則光微,拂拭之欲其明也。

前望舒月御。使先驅兮,後飛廉風伯。使奔屬。叶注。鸞皇爲余先戒兮,雷師豐隆。告余以未具。

【箋】前述朝行,此紀夜征。先驅者,若月輪之先爲啓路也。奔屬者,風御車塵,趨之使速也。《易林》:"雷君出裝,隱隱西行。"未具,裝未備,托辭以沮之也。

吾令鳳鳥飛騰兮,繼之以日夜。飄風屯其相離兮,帥雲霓而來御。叶迓。欲御之他往,使其相離,蓋小人妒其上告,多方以沮之之計。

【箋】鸞皇喻君子，飄風、雲霓喻小人。雷師之尼已出意外，幸有戒途鸞鳥助我飛騰，可以日夜趲行。無如飄風屯聚中途，鼓其暴怒，吹鳳離散，且率領雲霓，欲我易轍，不容上謁。是使我將近天門，又不得遂其迫欲之願矣。以上極寫求見天帝之急、求見天帝之難，以起下文。

紛總總其離合兮，班同斑。陸離其上下。叶戶。吾令帝閽開關兮，倚閶闔而望予。叶。

【箋】此已至天門。紛總總者，天門外之神祇衆多也。班陸離其上下者，神光曜目，五色陸離，迥非塵世境界，心胸頓覺豁然。自幸到此，可以盡情剖訴，諒無意外之阻，無如帝閽不理。蓋望見三閭乃放逐廢員，形容既已憔悴，而衣裳又復藍縷，諒無苞苴之獻，何知邀寵之門，故直望之而佯若未見，此種情態令人不堪。

【騷辯】"令帝閽"句極寫見帝情迫、刻不容緩之狀。蓋身到而閶闔未開，此時叩閽求入，已恨其晚，所以遥令帝閽預爲我啓關而相待也。倚閶闔者，狀帝閽之尊倨，穆然不爲之少動也。望予者，望望然而不顧，神情與我邈不相接也。

【正義】總總離合，陸離上下，喻邪佞充塞，爲所拒隔而不得通也。上言欲少留靈瑣，雖被疏而猶得至於君所。至是則閶闔不開，思見君而不再得矣。

時曖曖其將罷兮，結幽蘭以延佇。世溷濁而不分兮，泛指飄風、雲霓等類。好蔽美而嫉妒。此則專指倚閶闔而望之之人。前云"將暮"，此云"將罷"，皆隱恨日愈昏而時不可待之之意。

【箋】曖曖將罷，悵時日既失，事機已誤。延佇者，是於天門外不忍遽退，乃復引頸跂望，徘徊自審。欲上書自呈，則天閽不理。欲促裝反斾，則塵世茫茫。不堪回首，依然進退維谷，不得不抱恨於蔽美嫉妒之人矣。

【正義】古人以言致人，多用物結之。結幽蘭，喻所懷芳潔之道、深欸之言，即欲開關而入告於帝者也。"延佇"下直接"世溷濁而不分"，足徵以上云云，皆自喻遭讒見疏，願陳志而無路也。

【右第六節】凡八解。已上上征。另爲一段，結蘭延佇，到底心灰未死，不得不再作良圖，以起下文"求女"之思。文心至此一層深一層。

朝吾將濟於白水兮，登閬風而緤馬。叶姥。**忽反顧以流涕兮，哀高丘之無女。**突然一起，大有憤恨遺世之意。無如高丘在望，仍是塵緣未斷，又生出無限周章來。此起頂之第三峰也。

【箋】此由天門憤欲復返縣圃也。朝者，見昨日猶在天門，今則已濟白水，幸昆侖之在望矣。緤馬，以長繩繫馬，暫爲歇足之地。閬風在昆侖之顚，縣圃又在閬風之上，所謂高丘也，太帝之寢宮、内苑在焉。反顧，顧楚也。因見高丘，回憶郢都，不覺觸目而興悲也。無女，無窈窕之淑女也。中宫正位無人，以致高唐雲雨充斥坤維，不得不亟爲吾君作《關雎》想。"求女"之根，遠從"美人遲暮"章發脈，至此一現，"黃河之水天上來"，令人莫測。

【眉注】"將"字仍是虛擬，以起下文"求女"之端。一篇水月鏡花文字，讀者勿認爲實有其事，則癡人説夢矣。

溘吾游此春宫異方青帝長女之宫。**兮，折瓊枝以繼佩。**贅見之佩。及榮華之未落兮,行次雖長,而榮華正可慕也。相下女之可詒。叶異。

【箋】《易》稱巽爲長女,故求女先從長女起。巽女高處春宮,驟難求見,故欲先詒下女,以冀其先容也。

【正義】下女,喻親近重臣、能爲己解説於君前者。折瓊詒佩,亦多方求濟之意。

吾令豐隆雷師。乘雲兮,求虙妃洛神,伏羲氏女。之所在。叶。解佩纕以結言兮,吾令蹇修伏羲臣。即煩其臣爲媒,更親近而易達也。以爲理。理,小行人。

【箋】《易》稱震爲長子。使豐隆求之者,蓋欲使長子爲求婚之主人,取其迅速而能感通潛德也。

【正義】"貫魚以宮人寵",后夫人之職也。以有技、彦聖事其君,一个臣之道也。故以帝妃喻左右大臣。

【節解】"虙"之爲言伏也,此以寓賢人之伏處而無求於世者。

【眉注】此因前詒未遂,於是熟籌親信,再求幣聘之方,"解佩纕以結言,令蹇修以爲理",則更儀文兼致矣。

紛總總見媒理之往返也。其離合言辭未定之象。兮,忽緯繣緯,墨繩。忽者,似中有讒間之者。故執志不移,如緯墨之繣也。其難遷。夕歸次於窮石兮,朝濯髮虖洧盤。叶便。

【節解】徒知潔身傲世之爲樂,而於行義達道則否也。

保持也。厥美以驕傲兮,日康娛以淫游。游。雖信美而無禮兮,來違棄而改求。

【騷辯】驕傲,言其自遂其高而輕世肆志。康娛,言其樂志林泉。淫游,比往而不返。無禮,言其高節雖可風,而絶人則已甚也。來者,謂前此聞所聞而來,不意情既相違,彼終遐棄,不得不改圖他適,見所見而去也。

覽相觀於四極《爾雅》:"東泰遠、西邠國、南濮鈆、北祝栗,謂之四極。"兮,周流乎天余乃下。叶。望瑶臺之偃蹇兮,見有娀之佚女。帝嚳妃簡狄也。

【箋】既曰"覽",又曰"相"與"觀"者,甚言淑女難求。舍中國而云"四極"者,蓋身在昆侖,從高望遠,先由四極而遍覽之,既又周流乎天而相之。凡目光所盼,無不徹上徹下,夫然後乃望見瑶臺之佚女也。曰"偃蹇"者,從昆侖下望,故甚覺其卑耳。

【正義】覽觀四極,周天而下,喻君側無一可與言者,故復有望於瑶臺之佚女也。曰"佚"者,謂散秩在外而爲王所信者,或已去位之故舊而爲王所重者。

【彙訂】大夫之意,以虙妃比當時之位高望重者。故首先求之,欲要結之,以匡救其君,最爲得力,最爲緊要。不料,言者諄諄而聽者藐藐。始猶若合若離,終且有離無合。歸次窮石矣,濯髮洧盤矣,其驕傲之態爲何如?而曰"保厥美"者,何也?蓋其人素不入黨人之陰邪,無奈以苟全爲得計,則"信美而無禮"矣。"周流乎天",以見在王所者之無一不然耳。"余乃下",然後舍王側而他求矣。

【節解】首二語,言改求之審也。"佚"之爲言逸也。此寓賢人遭逸於時,沈淪不偶而自高其志者。

吾令鴆爲媒兮,鴆告余以不好。譖語以相詒。雄鳩之鳴逝小人喜於任事。兮，余猶惡其佻巧。言不實而便佞。

【箋】《舊詁》："惡禽臭物，以比讒佞。"鴆以讒間，鳩以佞專，嘆紹介之非其人也。

【正義】語意與《九章》"令薜荔以爲理，憚舉趾而緣木"四語相似。蓋擬度之詞，若曰吾欲使鴆爲媒，則告余以不好矣。鳩之佻巧又不可信，無人可以自通。故下承以"欲自適而不可"也。

【辭達】鴆比色莊君子，外多文飾，內懷奸毒。鳩比輕薄小人，言既浮躁，行又輕率。雄者，狀其敢於敗事也。"告余以不好"，妙。凡小人用間，不必在彼處讒我，反在我處讒彼，若爲愛我之詞，令我計謨自沮。大奸似忠，巧佞似信，寫得酷肖。

心猶豫而狐疑兮，欲自適而不可。鳳凰既受詒兮，恐高辛之先我。

【正義】高辛喻君，鳳凰喻賢士。意謂欲自適不可，不獨守身之義宜然，且安知不有抱潛德而未見者？鳳凰既受其詒，恐先我而達於高辛。我雖枉己以求，亦未必有合。蓋申明自適不可之義。

【辭達】恐者，是慮其已然之詞，非計及未然之詞。惟其先受高辛之詒，是以求之不遂也。世非無待聘之珍，奈已爲他國禮而羅之矣。

欲遠集旁求之意。而無所止慸慸靡所騁也。兮，聊浮游以逍遙。及少康之未家兮，留欲使有虞勿受少康之聘。有虞之二姚。

【解義】鴆之毒不必言矣。雖拙如鳩，猶能佻巧變亂好醜，士安由至？我欲自爲之媒，身方被害，安能媒人？惟有鳳皇好德，可以爲媒。然恐受他邦之托，而女非高陽氏有矣。於是浮游顧望，欲及少康之未室，爲之定有虞之二姚。蓋寓意於嗣君，欲及其未繼，而爲之求賢以導輔，異日如少康之中興也。

理弱而媒拙兮，恐導言之不固。世溷濁而嫉賢兮，好蔽善而稱惡。叶去。

【箋】此慮二姚已受少康之聘，若勉欲留之，不但於理不順，即媒亦拙於立言。況當此溷濁嫉賢之世，寧不見惡於小人，是又予小人以口實之端矣。

【節解】彼賢人固非不可留者，然已方以忠直被疏，而又欲維繫賢人，與之比肩事主，則於情有所不順，而術亦未工矣，故曰"理弱而媒拙"。

【騷辯】"理弱"比惡黨愈熾則正氣不伸，"媒拙"比君子道消而舉朝鉗口。導者，旁人之作合。言者，同志之結言。不固者，或志奪於衆咻，或氣靡於一蹶也。

【辭達】此與前帝閽不納發嘆遙應。前溷濁不分，止是蔽美嫉妒，此則公然蔽善稱惡矣。世局日壞，奸宄是崇，此王莽之功德頌、魏璫之太學碑所以紛紛獻媚矣。

閨中既以邃遠兮，求女不獲。哲王又不寤。叩閽難見。懷朕情而不發兮，焉能忍忠貞報國，丹心碧血，九泉幽恨盡此三字。而與此終古。叶故。

【箋】"此"字指蔽善稱惡者言。"焉能忍"結上開下。由其不能忍而與之終古，所以初卜之於靈氛，再決之於巫咸，終歸之於遠逝，爲後文起頂過峽。以下"靈氛""巫咸""遠逝"平列三段，如天外三峰，高矗雲表，使人望之無際，極之不窮，測之莫知其所止也。

【右第七節】凡十一解。已上求女一段，較之㰤詞上征，更屬異想天開。

索藑茅靈草。以筳篿兮，楚人結草折竹以卜曰篿。命靈氛古之善卜者。爲余占之。

【箋】此於水窮山盡處，忽然靈鷲飛來，復行開障，衍成後半篇之局。不如此，不足以盡其旁礴鬱積之氣也。

曰此原問卜之詞。兩美其必合兮，孰信修而慕叶姥。之？本無修可信，何能望其必合，此原自責之詞。思九州之博大兮，豈惟是"是"字指上春宮、洛水、瑤臺等處言。其有女？此深怪楚之無女也。夫以九州之大，鍾靈毓秀，何以楚不生材，獨無兩美必合之人。豈"群山萬壑赴荊門"，天竟未鍾靈於楚耶？

【箋】君聖臣良，自然必合，固不待遠慕他求。若臣本不良，孰有信其修而慕之者乎？"豈惟"二字，正隱恨己之美不能見信於君，是臣本不良，不敢責君之不聖。用反筆跌出楚之無女，以見己之美必不能望其有合於楚矣，所以下文靈氛有勸其遠逝之說。此處關節未通，則"孰求美而釋女"句與原問卜之意，打成兩橛矣。文之曲折深思，出鬼入神。

【辭達】凡兩人俱美，其情自然相合。但恐人心不同，不知孰爲美，而能信我之美者乎？且即以九州之大，又豈無一適成其爲兩美必合之人耶？作兩層疑問，上層難必其有女，下層不必其無女，以盡問卜之誠。

【正誤】此條舊注誤作靈氛占辭，從《辭達》改正。

曰此靈氛占詞。勉遠逝而無狐疑兮，孰求美而釋女？同汝。何所獨無芳草兮，爾何懷乎故宇。

【辭達】原問求人之美，求其與己同心而事主也。靈氛從對面著筆，以人求原之美答之，句句與上文對針。上二句答"兩美必合"，下二句答"豈惟是其有女"也。

世幽昧以眩曜叶岳，瞽而昏也。兮，孰云察余之善惡？

【箋】此原聞靈氛去國求賢之説，與己不合，疑而復問之辭。

【騷辯】大夫合下便不忍去國，故聞言自念，我國如此，舉世可知，恐去亦無益。幽昧、眩曜，舉楚以例九州也。前云"孰察余之中情"，此變文而云"善惡"者，對上文"求美"而言也。善惡且莫辨，又孰知其爲美而求之乎？此正以破其"何所獨無芳草""爾何懷乎故宇"也。

民好惡其不同兮，惟此黨人其獨異。戶服艾以盈要兮，謂幽蘭其不可佩。

【箋】以下靈氛再答之詞，見楚必不可留之故。

覽察草木其猶未得兮，豈珵白珩。美之能當。以碔砆之目，何能當識玉之任。蘇糞壤以充幃香囊。兮，謂申椒其不芳。

【箋】上章醒大夫之迂，此章笑黨人之愚。糞壤充幃，甚言其好惡之異，似黨人有嗜痂之癖，以糞壤爲別有風味也。嘲之之詞。

【正誤】此與上章，舊解皆誤作屈子自言，殊覺語複而意味不長，從《節解》更正。

欲從靈氛之吉占去國。兮，心猶豫而狐疑。巫咸將夕降神以夜降。兮，懷椒酒。糈祀神稌米。而要之。

【箋】此聞糞壤充幃之語，而深有感於靈氛之言，楚人誠不可一朝與居矣。猶豫狐疑者，原以宗國世卿，大義所在，豈可一朝舍去，臣事異姓哉？故又决之於巫咸也。

【騷辯】前之"猶豫"，足將進而趑趄也。狐疑，則更且前且卻矣。蓋身固不可失，而情又難自割也。此章之"猶豫"，身欲去而低回。狐疑，則更柔腸百結矣。蓋未知瞻烏之爰止，終不忘狐死之首丘也，語雖同而取意均相反矣。

百神翳其備降兮，隨咸而降。九疑繽其並迎。叶御。皇剡剡其揚靈兮，告余以吉故。

曰巫咸降神語。勉升降以上下兮，上謂君，下謂臣。求榘矱之所同。湯、禹儼而求合兮，摯、咎繇而能調。叶同。

【箋】升降、上下，猶"鳳皇翔於千仞兮，覽德輝而下之"之意。《彙訂》有慎於所擇、惟吾所擇二義。

【節解】升降、上下，勸其跋涉而遠逝也。二語與靈氛之意適符。不但諷之以遠逝求賢，直勸之以擇君而仕也。下遂歷舉其君臣之契合者，以實其言。儼而求合，君擇臣也；調和相劑，臣亦擇君也。

【騷辯】求榘矱所同，言當九州相君，求其與己同德者，惟湯、禹能敬合德之士，伊、皋遇之。榘矱既同，故能君臣相得，如琴瑟之調和耳。設君非湯、禹，縱德如伊、皋，誰能信用之乎？

【發蒙】巫咸之占意與靈氛相似，特淺深伸縮變化之不同耳。然得此一襯，愈覺波瀾無盡。

苟中情其好修兮，又何必用乎行媒。前用許多行媒，一語掃卻。說操築於傅巖兮，武丁用而不疑。

【節解】此言臣之於君，有不求而自合者。苟能好修，則必信而慕之矣，奚必待夫作合之人乎？

呂望之鼓刀兮，遭周文而得舉。甯戚之謳歌兮，齊桓聞以該備也。輔。

【節解】上文"榘矱之所同"，指兩美必合言。此章"操築""鼓刀"，以疏遠相得言，與"爾何懷乎故宇"相發。

及年歲之未晏兮，時亦猶其未央。恐鵜鴂。鳩之先鳴兮，使百草爲之不芳。鵙鳴則草枯。

【節解】此如陽貨之諷孔子以及時求仕也。言年有可爲，則時光猶未艾耳；假令歲不我與，爾豈能與草木而争榮乎？此申靈氛所占之指，勸屈子之宜亟改圖也。

何瓊佩伏下"兹佩"。之偃蹇兮，衆薆然而蔽之。惟此黨人之不諒猶言不可測。兮，恐嫉妒而折之。巫咸之言至此止。

【節解】巫咸恐屈子去之不速，必爲其所害。二"恐"字皆事外相愛惜語。此申靈氛釋占之詞，斥黨人之必不可與並處也。

【正誤】此章舊注作原言，從《節解》更正。

【右第八節】凡十二解。此借靈氛、巫咸兩占作局外指點語，爲後文遠逝之根。猶之上文賦詞、上征，借女嬃爲發端張本。一樣機局，遥遥相映。

時繽紛以變易兮，"時"字一呼，有江河日下之感。又何可以淹流。爲後"遠逝"伏脈。蘭芷變而不芳兮，荃蕙化而爲茅。

【箋】此有感於靈氛"申椒""幽蘭"二語,而深咎衆芳有以自致之也。夫黨人之好惡固異,亦由蘭芷不自愛其芳,流而與衆草爲伍,此黨人所以寧盈要服艾而不佩幽蘭也。

【節解】變者,氣味漸移。化者,形類頓改。屈子聞神降之語合於所占,姑置遠逝求君之説於不論。而第如所云黨人之嫉妒而不可與居,則信然矣。故下文遂痛陳流俗之波靡,所以必不能忍而與之終古也。

何昔日之芳草兮,今直爲此蕭艾也。初不料其若此。豈其有他故兮,莫好修之害也。

【評注】莫,猶"文,莫吾猶人"之"莫"。故爲致疑之詞,以咎夫好修者。蓋始以好修招禍,卒以招禍之故,遂使中材以下無一好修之人。爲害至此,真不得辭其責矣。

余以蘭爲可恃兮,羌無實而容長。委厥美以從俗兮,苟得列乎衆芳。蘭、芷、椒、樧,皆實有所指,此子蘭聞之所以大怒也。

【騷辯】此言芳草乃尋常善類,無怪其不能自持。若夫蘭爲國士之香,余方恃之,欲與格君心而爲美政,何意內無可貴之實德,徒以修飾外容爲長。良由不知自愛其美,委而棄之,俯仰隨俗,以爲榮身保位良圖,靦顏列於君子之目,只是苟焉而已矣。

椒專佞以慢慆兮,樧茱萸,似椒而臭。又欲充夫佩幃。既干進而務入兮,又何芳之能祗。

【騷辯】此又推原蘭所以喪節之故,由於不識時變而干進無已也。下二句繳還上章正意,而橫插上兩句於中間作襯筆,文情特妙。椒性烈而氣芳,比小人之素具能幹,又矯然頗以風節自持者。此國家有用之才，可仗以扶顛持危者也。乃一旦盡反前轍，舉畢生之聰明智力，專用之於便佞之一途，既得其志，因而倨慢惛淫，靡所不至矣。椒形類椒而氣味惡臭，且有小毒，以比權門鷹犬，黨人引之以排擊善類者。此小人中之敢於爲惡者也，今又皆搶攘欲前，充塞左右，人主反朝夕親近，如香囊之常佩，此成何等朝局？蘭於此時，既不能砥柱中流，又不思潔身引避，反干進不休而務入其黨。是君子一旦失身於小人，凡從前一切崖岸聲名，皆其所不暇顧惜如此。

固時俗之流從兮，又孰能無變化。叶。鑑椒蘭其若玆兮，又況揭車與江蘺。叶羅。

【節解】嚴於責椒蘭而姑寬其類者，蓋世教衰而人心壞，上行下效，一倡百隨，滔滔者天下皆是，固君子之所不勝責矣。屈子蒿目神傷，以爲此滋蘭樹蕙時所萬不及料者也。

【彙訂】上文既深責之，此又爲衆芳作怨詞，正深痛舉世溷濁，致善類凋殘。故於衆芳若有怨詞，以逼起下文"惟玆佩之可貴"也。一擒一縱，一旋一折，備極排蕩變化。

惟玆佩之可貴兮，撤去衆芳，獨標玆佩，喻己之磨而不磷也。委厥美謂見棄於人，遙接上"孰信修"來。而歷玆。歷經艱險而至於今玆也。芳菲菲而難虧應前"昭質"。兮，芬至今猶未沬。叶迷，沒也，舊訛沬。

【箋】此聞巫咸瓊佩語，深信其偃蹇不變。至今未沬，情難自已，不肯懷寶迷邦，自棄於不用之地，故復有求女之思耳。

和諧也。調度以自娛兮，聊浮游而求女。仍是欲求兩美必合初意。及余飾佩上衝牙、懸璜之屬。之方壯芬未沬也。兮，周流觀示也,即前"觀乎四荒"之意。乎上下。叶。

【箋】此承上"茲佩"而言。《詩》:"佩玉鏘鏘。"《禮》:"君子佩玉,左徵角,右宮羽。"調者,聲容,謂其從容中節也。度者,身容,謂其周旋中規、折行中矩也。娛者,娛其昭質之美也。此因前番佩飾不合時宜,故另諧調度,恐或有重我此番之佩飾,愛我此番之調度者,冀其一見而必合也。

【彙訂】聲調太高則和者彌寡,法度太峻則合者愈難。和其調則不傷於促,和其度則不病於隘。聊浮游者,及此芬芳未虧、未沫之時,而周流四方,以觀乎上下。或者於有意無意間,以庶幾其一遇,未可知也。蓋大夫明知求女之無益,終不以無益而勿求。語若掃去憤嫉,意則轉覺無聊。

【右第九節】凡七解。已上又借巫咸"薆蔽""嫉妒"二語,將蘭芷變態歷數一番,落到"茲佩",欲再為求女計,以起下文"遠逝"之端。其文思縹緲,大有手揮五弦、目送飛鴻之致,又如華嚴樓閣,彈指即現,豈井蛙尺蠖所能測量哉?

【眉注】變"四荒"而言"上下"者,蓋欲上極於天,下極於淵,以求兩美必合之人。不得已而思其次,其西方美人乎?庶幾能愛我之芳菲,識我之調度,我亦庶乎不虛此一游也。故下文遠逝自疏、指西海為期者,實欲遂此一往不返之志耳。

靈氛既告余以吉占兮,歷選。吉日乎吾將行。折瓊枝以為羞兮,精瓊爢以為粻。

【騷辯】以下姑從靈氛之占,聊設遠行之想。凡糗糧之精、車馬之盛、旌旗導從之從容,名山大川,恣其游覽;蛟龍鸞鳳,惟吾指麾。於極淒涼中,偏寫得極熱鬧;窮愁中,偏寫得極富麗。筆舌之妙,千古無兩。

爲余駕飛龍兮，雜瑤象以爲車。何離心之可同兮，將遠逝以自疏。瓊枝爲羞，瓊靡爲粻，瑤象爲車，見造次顛沛中，仍不改乎平昔姱修之素節也。

【箋】此托爲遠逝自疏之説，其實欲往求西方之美人也。以下遭昆侖、發天津、至西極、行流沙、遵赤水、至西海，亦猶上征之意。上征以上帝喻君，此以西方美人喻君也。爰因前次求女不得，故復欲排神御氣，以冀達乎西方美人之所也。文能於複中見奇，變中寓巧，而於曲終奏雅，猶然大吕黄鍾之噲呟鏜鞳也。

【騷辯】離心，謂回想從前，積毀銷骨，君之於我，情已乖離，縱使强留，亦何由望其復合。所以自明其不得不行之故，非悻悻決絶之辭。

遭楚人謂轉曰遭。吾道夫昆侖兮，路修遠以周流。揚雲霓之晻藹日光初升。兮，鳴玉鸞之啾啾。前濟白水、登閬風，是其絏馬之地，故此番發軔，又從昆侖始也。

【箋】此由昆侖往西海，不得不轉道行。蓋西方乃美人所居之地，吾誠執茲佩以往，必爲美人所欣賞，兩美必合。既不煩蹇修爲理，又不爲鴆鳥所欺，且不慮高辛之先我矣。

朝發軔於天津箕、斗、析木之次。兮，夕余至乎西極。極言去之之速。鳳凰翼其承旂兮，高翱翔之翼翼。

【箋】已上見糗糧、車騎之美，大非前次求女氣象。極意描寫，總爲後文"睠舊鄉"作反照。

忽不知不覺意。吾行此流沙兮，遵赤水在昆侖東南陬。而容與。麾蛟龍以梁津兮，即叱黿鼉爲梁之意。詔西皇少皥金天氏。使涉余。

【騷辯】容與，從容籌畫也。蓋言流沙、赤水阻我前途，且停車以商濟渡之策。或麾蛟龍爲梁於津以渡，或告語西皇使具舟於河，我將捨車登舟以涉。兩策並舉，皆擬議未定之詞。

路修遠以多艱兮，騰衆車使徑待。叶持。待於赤水之徑。路不周山名。以左轉兮，行流沙、遵赤水、路不周，喻得君行道之難也。指西海以爲期。

【箋】上文一則曰"至西極"，再則曰"詔西皇"，此又曰"西海爲期"，正指出求女歸宿之地。徑待者，恐流沙不能涉，故使衆車待於赤水之徑。路不周以左轉者，是欲繞出不周之北，以避流沙之險也。此未行而預爲計程之詞。

【附注】按："榛苓"之詩，朱子以"西方美人"指西周聖王，而嘆其遠而不得見也。《詩義折中》曰："言山尚有榛，隰尚有苓，而四海之大乃無用賢之君，不得不思西周之聖王矣。"讀此則知屈子"指西海爲期"，正嘆己之放廢，楚無用賢之君，不得不神游於西方矣。蓋諷楚懷之詞，冀其用己也。

屯余車其千乘兮。屯於不周。齊玉軑玉軑，輕車也。而並馳。駕八龍之蜿蜿兮，載雲旗之委蛇。叶移。

【箋】擁衆而駐札其地曰屯。千乘，較上衆車已少，然尚嫌其多，恐路遠不便行，故又簡其車從。使千乘屯於不周，獨齊玉軑之輕車而馳也。駕龍、載雲，則見其神之高馳而遠逝矣。

抑志而弭節兮，神高馳之邈邈。高馳而忽曰"神"者，恍若魂入夢中矣。屈子志在致君舜禹而不能，故作此夢中語也。奏《九歌》而舞《韶》兮，聊假日以婾樂。

【箋】此已至西海，望見驚霧流湍，莫能再進，故抑志弭節，暫駐其地而作神游之想也。奏《歌》舞《韶》，豈大夫所敢僭越以取樂者？蓋大夫之高馳邈邈，原欲上探美人之宫，雖未敢徑叩宫門，然耳中之所聞者，居然大夏之《九歌》；目中之所見者，恍是有虞之《韶》舞。舜、禹往矣，此美人宫中寂寞，所假以爲暇日之媮樂者，悉原生平意想所不能得，不意今一旦遇之，特恨徘徊宫外，殿陛崇深，無由得達，不足以罄癌寐本懷。然陟升赫戲，天庭咫尺，可藉此以通帝座，無慮天閽之拒我矣。

陟升皇之赫戲兮，忽臨睨夫舊鄉。僕夫悲予馬懷兮，蜷局顧而不行。叶。

【箋】"忽"字正夢中驚醒時也。言僕馬悲懷，則己之悲懷更不待言。繳還序首"忍而不能舍，夫惟靈修之故也"之意。通篇一氣盤旋，如神龍掉尾。

【騷辯】以僕夫之蠢爾，亦切悲傷。余馬之無知，猶然戀土。蜷曲回顧，正爲"懷"字寫照。"不行"亦只是説馬，所以妙絶。把己之繫心宗國，不忘故君，一一俱在言外吞吐。曲終餘韻，意味悠然。

【右第十節】凡九解。已上由西極至西海，車徒跋涉，不知費幾許勞頓，始得窺見美人宫牆，不意又成虚願，猶幸陟升有路，不致失望。無如舊鄉在目，使我魂銷故國，依然夢醒如初矣。

亂曰：樂之卒章。已矣哉！國無人莫我知兮，又何懷乎故都。既莫足與爲美政兮①，吾將從彭咸之所居。收到"願依

---

① 兮，原作"矣"，據[宋]朱熹集注《宋端平本楚辭集注》（國家圖書館出版社 2017 年 3 月第 1 版，以下簡稱"端平本《楚辭集注》"）改。

彭咸遺則"正意，爲通篇一大結穴。前後凡十節，九十二解，二千四百九十言，古今辭賦家第一首巨製。予於此篇，不惜三折肱，將文中三昧盡行演出，使二千四百九十言，頓化爲牟尼寶珠，顆顆圓通矣。讀者諒之。無人，無兩美必合之人也。"美人"二字雙收。

【箋】突接"已矣哉"三字，大有一痛而絕之意。蓋屈子一生，正爲舊鄉不忍去，故都不能忘。所以戀戀於茲者，君臣之誼，無所逃於天地之間也。《離騷》之作，從天經地義至性中流出。故其思若涌泉，筆若游龍，又若蜃樓海市，倏起倏滅。不但自寫沈憂，更可爲數千年來孤臣孽子凡不得於其君者，痛洒性天血淚。

【辭鐙】已上把與國存亡之義，結出本旨。晦翁謂原"忠而過"，嗚呼！忠豈有慮其過之理乎？

【節解】右亂辭獨得一解。綜通體離憂之緒，而撮其大凡，末仍歸於"遺則"之一語，以爲絕筆也。其節促以殺，其音清以越，詞甚簡而意已周，境極危而志彌篤。綽乎如靈洞之歸雲，神間之納海，極恢奇變化而不離乎宗者也。讀者味之。

屈辭精義卷之二

江都陳本禮箋訂
男逢衡校讀

天　問

【發明】此屈子題圖之作，非渺茫問天詞也。時當戰國，《齊諧》志怪之書、《山經》《瑣語》之說，事多荒誕不經。楚人不考其實，輒將琦瑋儵佹之事，晝於先王之廟，公卿晝於先公之祠，以爲殿壁觀瞻，而不知褻神瀆祀，莫此爲甚。三閭一腔忠憤，無可寄托，故各按諸圖而題之，以寓其褒貶不平之慨。非彼蒼夢夢，必待千百世後人擊其蒙而發其覆也。後儒泥王叔師"問天"之說，昧題圖之義，儼若屈子鑿空杜撰此百十問，爲驚愚眩俗之談，豈不謬哉！爰細繹，其題混沌，則自太空以至物類；題人事，則由皇古以至戰國，縱橫上下，俯仰古今，莫不在其諷刺議論之中。嚴放伐之誅，則目無湯武；奮忠義之氣，則責及伊周。誠孔子之《春秋》、三代之爰書也。毋怪乎書壁呵問之時，天愁地慘，白晝如夜者三日。此誠忠貫日月而感鬼神，豈尋常敷腴捴藻之文哉？通計百有十六圖，昔當塗蕭尺木曾畫《離騷》《九歌》等圖，而《天問》止五十四圖，未及此書之半。乾隆壬寅，特命內廷諸儒補繪《離騷》《九章》《招魂》《大招》《香草》等圖，惟《天問》未補，不無有望於來茲。至於文之錯落而無次第者，蓋廟不一廟，祠非一祠，或所見有先後，圖畫有重複，後人排纂其文，未能類列。然正於無次第中，見其錯綜變化之妙、斷續起伏之奇，斯爲善讀者矣。

【王逸曰】何不言"問天"？天尊不可問，故曰"天問"也。屈原放逐，憂心愁悴，彷徨山澤，經歷陵陸，嗟號旻昊，仰天嘆息。見楚先王之廟及公卿祠堂，圖畫天地、山川、神靈，琦瑋僑佹，及古賢聖怪物行事。周流罷倦，休息其下，仰見圖畫，因書其壁，呵而問之，以渫憤懣，舒寫愁思。楚人哀惜屈原，因共論述，故其文義不次序云爾。

曰："曰"字一呼，大有開闢愚蒙之意。遂同邃。古之初，誰傳道之？上下未形，何由考之？此憫人以井蛙尺蠖之見，妄測高深，將荒誕不經之事，圖畫祠壁。屈子放逐，無以自遣，故不禁逐圖題咏，乃詰問世人之詞，解者謬稱"問天"，誤矣。

【箋】《乾鑿度》曰："有形生於無形。有太易、太初、太始、太素。"《廣雅》："太初生於酉仲，太始生於戌仲，太素生於亥仲。"此混沌以前，時天地尚在鴻蒙一氣之中，誰能傳道其事而考其成象成形乎？太空無圖可題，故只作虛詞總冒。以下悉以"誰"字、"何"字爲主，而佐以"孰"字"焉"字"安"字"幾"字、"胡"字，以見書法，寓呵問之意。於天地陰陽，則窮其理；於人事物類，則極其變，而於君臣父子之問，筆尤謹嚴。此首段發脈處。

冥昭瞢闇，誰能極之？ 以下題圖之詞。

【箋】冥昭，晝夜也。瞢闇，謂是時七曜未甄，光明未著，孰能通乎晝夜之道耶？

馮同憑。翼惟像，何以識之？ 題《混沌初開圖》。

【箋】《淮南子》："天地未分。""馮翼惟像，何以識之"者，謂於絪縕窈冥中，見有若飛者、伏者、植者、動者，恍兮惚兮，其中有像，然未能名其狀而識之也。

【約注】冥昭瞢闇者，言冥而昭昭而復瞢闇也。此將形未形之時，誰能測其所極乎？馮翼惟像者，漸若有可馮可翼，將形而像之時。

明明闇闇，惟時是。何爲？

【箋】此謂天地既闢，物各賦形，明明如日月星辰之麗乎天，闇闇如五岳四瀆之麗乎地。何爲者，似造物多事，無端闢此大千世界，生出許多可駭可異之事，其意欲何爲耶？怪之之詞。

【約注】明明闇闇，言一晦一明，陰陽始分也。何爲，何所作爲也。若謂無爲，則光景何以忽異。謂屬有爲，機緘孰與料理也。

陰陽三合，何本何化？ 叶。題《太極圖》。

【箋】太極象一涵三，動而生陽，靜而生陰，是太極爲陰陽之本，陰陽爲太極之化。本者化之原，化者本之發，必三合而後能化。然則太極之爲極也，又本於何物而發而化耶？此又造物無言可對者也。

【約注】三合有陰有陽，又有陰中之陽，陽中之陰，三者合焉，是一是二？何者爲本，何者爲化？理即在氣內，氣即在理內，混之不得，析之亦不得也。此上言未形之先，此下言既形之後。

圜則九重，孰營度之？惟茲何功，孰初作之？題《天文九重圖》。

【箋】《淮南子》："天有九重。"泰西利瑪竇曰："九重者，宗動、恒星、土星、木星、火星、日輪、金星、水星、月輪，九層堅實相包，如葱頭然。"愚按：天包地外，地處天中，離地即天，何從有九？九重之天，誰爲經始，誰爲創造？其首事先，於何重耶？

【約注】謂天孰判之而爲九，孰削之而爲圜。天爲積氣，九重之中，從何重爲初作之程，此非次第之所可言也，又非無次第之所可言也。

斡維焉繫？天極天樞不動處。焉加？叶基。題《南北兩極圖》。

【箋】斡，受軸而爲運轉者。維，繫轂之綱。北極五星在紫微垣，出地三十六度，近北一星爲天之樞紐。南極入地三十六度。天體繞極旋轉而極星不移，譬之車則軸也。轂必有所繫，然後軸有所加。天既虛空無著，則斡繫於何處，軸加於何所乎？

八柱何當，值。東南何虧？題《地下八柱圖》。

【箋】此繼斡維而問地柱植根處也。《河圖括地志》曰："地下有八柱，柱廣十萬里。有三千六百軸，互相牽制。名山大川，孔穴相通。"地既有八柱，則八柱之下必有生根之處，方能撐拄，不然柱何以立耶？且地東南獨虧，豈東南不滿處適當無柱之處耶？

九天之際，安放安屬？叶。隅隈多有，誰知其數？題《九天圖》。

【箋】《太玄》曰："九天：中天、羨天、從天、更天、睟天、廓天、咸天、沈天、成天。"《淮南子》："中央鈞天，東方蒼天，東北變天，北方元天，西北幽天，西方昊天，西南朱天，南方炎天，東南陽天。"《廣雅》："天周六億十萬七百里二十五步。"《續博物志》："天周一百七萬九百十三里。"天之有九，其安放處，必更有大於九天十倍者，方能載天之大；必更有大於天百倍者，方能勝載天者之大，則此九天在六合之外，於何安放，於何附托耶？《淮南子》："天有九野，九千九百九十九隅，去地五億萬里。"隅隈，天之間維參差相錯處。

天何所沓？合。十二焉分？題《分野圖》。

【箋】天無體，歷象以二十八宿分天體爲十二辰，以配地十二次之分野也。斗至危，星紀之次；婺女至危，元枵之次；危至奎，豕韋之次；奎至胃，降婁之次；胃至畢，大梁之次；畢至東井，實沈之次；井至鬼，鶉首之次；柳至張，鶉火之次；張至軫，鶉尾之次；軫至氐，壽星之次；氐至尾，大火之次；尾至斗，析木之次。焉分者，仲春三月，星火在東，星鳥在南，星昴在西，星虛在北。仲夏則火轉而南，仲秋則火轉而西，仲冬則火轉而北。星既日徙，則野難專屬。且燕在北而應在東之析木，魯在東而應在西之降婁，秦居西北而鶉首應於東南，吳越居東南而星紀應於東北，此又何以分耶？

日月安屬，列星安陳？題《七曜圖》。

【箋】日行黃道，有分至啓閉。月行黑道，有朔望弦晦。屬，維繫也。安屬者，日月之出入諸道，縱橫相維而繫之於何所乎？列，衆也。安隊者，星有三垣、二十八宿。中外常明者百有二十，可名者三百二十，微星二千五百，含譽一萬一千五百二十。懸於空際，萬古在天，何以運行而不紊乎？

出自湯同暘。谷，在黑齒國北。次於蒙汜。自明及晦，所行幾里？題《羲和馭日圖》。

【箋】《淮南子》："日出於暘谷，入於虞淵之汜。行九州七舍，凡五億萬七千三百九里。"云"幾里"者，渺之也。考宗動天，日周四十萬零六千八百九十八萬六千零五十一里，人一日二萬五千二百息，計人之一息，宗動應行一十六萬一千四百六十七里。以大周天較之，日之行天，不啻如蟻之旋磨也。

夜光何德，死則又育？厥利維何，而顧菟菟顧月生子，子從口出。"吐""菟"同音，故曰"顧菟"。在腹？題《月中顧菟圖》。

【箋】月曜日而明，初三哉生明，十五夜哉生魄，晦為既死魄。何德者，月魄既死，菟在月腹，自應隨魄而死，何以次月生明而菟又依然在腹耶？蓋月之德在育，菟之利在顧。菟乃月中陰精凝魄處，真陰蘊真陽，故明生而菟復育焉。

女岐止。無合，句。夫焉取九子？題《女岐九子圖》。

【箋】此承太陰而證生人之始也。陰陽二曜為生人生物之始，月既能結胎腹育，則人間女子亦可以無夫而有孕子之義矣。故取象於太陰，而悟生人之始乃先天理也。《易》曰"天地絪縕，萬物化醇"，此先天大父母；"男女構精，萬物化生"，此後天父母。《太玄》曰："日幽嬪之，月冥隨之。"豈真若世間有夫婦之道耶？女岐無合，迨笑世人以儌蟲之見而妄窺先天之神女，故下文復以後天無夫而生之子為證，以見先天之生人不測也。

伯強陽字之訛。何處？惠氣安在？題《吞星娠子圖》。

【箋】"強""陽"音相近而訛，謂伯陽也。此因上述無夫而生子之神女，恐人未信，故又引一無父而生子之博大真人以爲證也。《史》稱老子楚苦縣人，名耳，字伯陽。母吞流星而娠，懷之七十二歲而生。爲周守藏史，周衰，騎青牛過函谷關。關令尹喜望見紫氣浮關，知有真人至，遂師事之。曰"何處"，曰"安在"，迨亦尹喜望老子之意。惠氣，紫氣，祥和瑞靄之氣也。

【正誤】伯強，王逸訛，謂大厲疫鬼。而周孟侯以《山海經》之"禺強"附會之，並以"惠氣"爲風，亦非。

何闔而晦？何開而明？叶。角宿未旦，曜靈安藏？同藏。題《夜觀春星圖》。

【箋】此恨太陽之受蔽於群陰也，點明作《問》本懷，如畫龍有睛。按泰西曰："日輪大於地球一百六十五倍又八分之三。"日既如此之大，則日入之後，地小於日，何以能掩其光而爲夜耶？角春旦在東，秋旦在西。角宿未旦，曜靈何爲而韜光匿影耶？

【附注】此借日之明，以喻人心之明德也。人之明德，昭昭炯炯，固不待天之闔而晦、開而明也。角宿未旦，正雞鳴而起之時。有孳孳爲善者，有孳孳爲利者。天既生舜，何又生跖？豈跖之性靈於此時獨昏昏，如曜靈之藏而不見耶？此專爲楚懷發，并爲三代征誅放伐之諸人發。故特於生人後補此一章，上結天文，下起人事。此通篇提綱挈領處也。

【正誤】按《蔣注》云：天地間有不待開而明者，如鐵勒國之無夜、萊子國夜半日出；有不待闔而晦者，如河夐國之無日、北極火鐘山日月不照。南北兩極之下，又有半年爲晝，半年爲夜。考据雖詳，其如與本文之寓意不合。

【右第一段】已上述天文，而夾入生人者，聖人與天合德，繼天立極，裁成輔相天地之道，參贊化育之功，非聖人不能，故首及人。

不任汩急湍。鴻，洪水。師衆。何以尚叶常，舉。之？僉曰何憂，何不課而行叶。之？題《四岳舉鯀圖》。此疑四岳之不明，下傷鯀治水之不明也。水土相連，金水附麗於地，故先地言水。

【箋】當時稷、契諸臣豈不能治水，而獨舉鯀者，鯀必有異人之才，能率衆幹隮疆理其事。四岳既以"試可"應帝，則於鯀九載治水之時，何不早課其績而黜陟之，輒任其婞直而行耶？

鴟龜曳銜，鯀何聽焉？順欲成功，帝何刑焉？題《崇伯治水圖》。

【箋】鴟曳翅飛，狀水爲隄障而洄洑也。龜銜尾行，狀土壘成阜而綿亘也。《書》稱鯀"陻洪水"，《國語》謂其"墮高堙卑"。此鴟龜曳銜之術，既與水性不利，急當疏浚下流，使水有所歸，不得聽其潰決殃民。一"聽"字是其獲罪致獄之由。

【正誤】王逸訛謂鯀死爲鴟龜所食。

永遏在羽山，夫何三年不施？叶所加反，同弛。伯禹腹鯀，何以變化？叶花。題《鯀殛羽山圖》。"夫何"二字似疑鯀之罰浮於罪，然九載績用弗成，非人力不盡，特傷其不能變化，直欲與水鬭力耳。

【箋】遏，謫置也。《史》稱堯有九年之水，計自四岳舉鯀而患日滋甚，迨被殛，舉禹。《傳》稱禹能修鯀之功，則九載之間鯀非盡無功，但行之不善而不成耳，是以有羽山之貶焉。三年不施者，蓋洪水之害甚於殺人，鯀之障之是殺人而又加功焉，故罪特加重。《詩》稱"燕翼貽謀"，有其父必有其子，禹身親從鯀腹所出，何以能幹父之蠱，變堤障而爲疏導、錫元圭而告厥成功耶？

纂就前緒，遂成考功。何續初繼業，而厥謀不同？題《禹平水土圖》。

【箋】考，謂鯀。《國語》："禹以德修鯀之功。"曰"前緒"，見鯀之治水規模措置已定，特行之未善，以致債事。且不修德，以婢直虐民，大興徒役，作九仞之城，故諸侯悖之。禹傷乃考之殛，躬乘四載，隨山刊木，纂其初開之緒，續其未就之業，改障爲浚，是其厥謀之不同如此。

【眉注】禹能幹父之蠱，何頃襄繼業，乃不能幹懷王之蠱耶？此迨爲頃襄發也。

洪泉極深，何以寘①同填。之？題《禹寘息壤圖》。何寘、何墳，承上"纂就前緒"言。見謀之不同，則功業之成敗亦各有異。

【箋】泉，淵也。《淮南子》："地有九淵，禹以息土填洪水，爲名山。"禹填息壤，亦"墮高堙卑"之術，禹何以塞之而止耶？

地方九則，何以墳叶敷連反。之？題《封崇九山圖》。

【箋】則，九州壤地之則。墳，高起也。《國語》："禹封崇九山。"蓋水治土高，禹益崇之以扞潰決，此亦鴟龜曳銜之法，禹何以用之而成耶？

應龍何畫？河海何歷？叶勒。題《應龍畫地圖》。

────────
① 此處"寘"，原皆作"寔"，今據端平本《楚辭集注》改，下同。

【箋】應龍有翼，《大荒東經》："處南極，殺蚩尤與夸父。"《大業拾遺記》："禹治水，應龍以尾畫地，導決水之所出。"《岳瀆經》："堯九年，巫支祈爲孽，應龍驅之龜山足下。"何畫者，問禹之治水，《禹貢》有書，《山海》有經，曾無齒及應龍畫地之事，即使有之，今河海所歷，何處是應龍所畫之區耶？

鯀何所營，禹何所成？

【箋】此以鯀、禹之成敗相提而並論之也。鯀之營也，豈盡鴟龜之術？乃適值其九年大水，懷山襄陵，而人力難施也。禹之成也，豈盡應龍所畫？亦賴益、稷召興徒役，傅土表木，烈山澤而焚之，此功之所以底於成也。

康回馮盛。怒，地何故以東南傾？題《康回壅川圖》。

【箋】康回，太皥臣共工，黑龍氏之子。黑龍氏薨，子康回襲。史稱回髦身朱髮，任智自神，自謂水德，壅防百川，以害天下，女媧氏戮之。此借回以傷鯀也。蓋東南地本窪下，天下尾閭處也，豈因康回之怒，而地遂東南傾耶？

【周注】鯀之營也何術？禹之成也何功？鯀之治水也，龜之。禹之治水也，龍之。此成敗之所由耶？水流不返，莫洗崇伯之冤。地陷東南，豈竟康回之怒。屈原比而言之，憑弔深矣。

【眉注】楚懷兵敗地削，被執於秦，皆因馮怒黷武。秦在楚之西北，故曰"西南傾"，寓諷之詞。

九州安錯？叶措。題《九州圖》。

【箋】《周禮疏》："神農以上有大九州，黄帝乃於神州內分九州。"《河圖括地象》曰："中國九州名赤縣神州。"鄒衍曰："中國外，有如赤縣神州者九。"按：今之冀、兗、青、徐、揚、荊、豫、梁、雍九州，乃顓頊所建。堯遭洪水，增幽、并、營爲十二州。禹平水土，還爲九州。安錯者，問地在天中，空空洞洞，安置於何所耶？

【附注】按：九州之錯，《周髀》《渾天》之說各異。朱子謂束於勁風旋轉之中，故甚久而不墮。愚謂非也。今以一丸置空中，雖過勁風盤旋，未有久而不墜者，況厚地之大，豈一丸比耶？又有謂如豆在脬、如黄在卵，其言亦非。豆之在脬，必鼓其氣而閉之，豆始浮。今使大地似之，則人悶於氣中而人絕矣。又，泰西謂地上下四旁皆生齒所居，此言尤爲不經。蓋地之四面皆有邊際，處於邊際者，則東極之人與西極相望，如另一天地，然皆立在地上。若使旁行側立，已難駐足，何況倒轉脚底、頂對地心，焉能立而不墮乎？蓋大地結根於天，如菌之有蒂，故凝然不墜。七曜運轉，皆在地之空際。所以南北極出地入地，皆斜繞不正對，恐礙地心也。

川谷何洿？叶互。題《導川圖》。

【箋】《禹貢》："道九川。"水注海曰川，注溪曰谷。洿，深也。九川本深，禹復從而道之，故益深，能納百谷之水而朝宗於海也。《索隱》："弱、黑、河、瀁、江、沇、淮、渭、洛，是謂九川。"

東流不溢，孰知其故？題《渤海圖》。

【箋】《列子》："渤海之東有大壑，實維無底之谷，名曰歸墟，八絃之水，莫不注之而無增減焉。"《事類》："沃焦在碧海，東有石澗四萬里，居百川下，水沃之則焦竭。"朱子云："天地之化，往者消，來者息，水流東極，氣盡而散耳。"愚按：百川之水，其源皆出於山而下注於海，隨天地呼吸之氣運轉，如人身之血脉經絡，由腦而下注尾閭。又由夾脊雙關而上行於腦，周流循環貫注一身也。《圖書編》曰："地體如肺。"《易象化機》曰："地如空瓠。"蓋地之爲物，外實内虛，名山大川，孔穴相通，此盈則彼絀，彼消則此息，循環運轉，周流不息，故萬古不溢也。

　東西南北，其修孰多？題《輿地圖》。

　　【箋】《山海經》："禹使大章步自東極，至西極，二億三萬三千五百里七十五步。使竪亥步自北極，至南極，二億三萬三千五百里七十五步。"《呂覽》："四極之内，東西五億九萬七千里，南北亦五億九萬七千里。"利西江曰："地球東西南北各七萬二千里。"已上諸説，則東西南北修短正相等。

　南北順橢，狹而長。其衍幾何？

　　【箋】《詩含神霧》："天地東西二億三萬三千里，南北短三萬一千五百里。"《春秋命曆序》："四海東西九十萬里，南北短九萬里。"《河圖括地象》："八極之廣，東西二億三萬三千里，南北短一千五百里。"《靈憲》："八極之維，徑二億三萬二千三百里，南北短一千里。"《淮南子》："闔四海之内，東西二萬八千里，南北短二千里。"已上皆東西長而南北短。《天文錄》："天地南北二億三萬三千五百里七十五步，東西短四步。"利西江《地球圖》分輿地爲六大州，曰歐邏巴、曰利未亞、曰亞細亞、曰北亞墨利加、曰南亞墨利加、曰墨瓦臘泥加。歐邏巴者，大西洋地也，南至地中海，北至卧蘭的亞及冰海，東至大乃、墨海的湖、黑海，西至大西洋各島。利未亞者，爲西南洋地，南至大浪山，北至地中海，東至西紅海、聖老楞佐島，西至河摺亞諾滄。亞細亞爲中土，南至沙馬大臘、呂宋、亞齊、噶喇巴等島，北至白臘、冰海，東至日本島、大清海，西至大乃河、墨河的湖、大海、西紅海、小西洋等處。南、北亞墨利加者,是中國後面之地。墨瓦臘泥加盡在南方。惟南極出地而北極恒藏焉,其地甚大,荒杳無人,則又南北長而東西短矣。

【右第二段】已上先論治水。蓋水不治,地猶未平,故先地而題也。

昆侖縣圃,縣圃在昆侖之巔。其尻山之托根盡處。安在?叶。增城九重,其高幾里?增城又在縣圃之上,高萬三千里。題《昆侖圖》。

【箋】《水經》:"昆侖墟去嵩高五萬里,地之中也。山三級,下曰樊桐,一名板松;二曰元圃,一名閬風;三曰增城,一名天庭。"此皆昆侖之仙山,樓閣縹緲,太帝之居也。《淮南子》:"層城九重,高萬一千里百十四步二尺六寸。"《拾遺記》:"昆侖九層,層相去萬里。"

四方之門,誰其從焉?西北闢啓,何氣通焉?題《天門圖》。

【箋】《山海經》:"昆侖,帝之下都,面有九門,門有開明獸守之。"《淮南子》:"昆侖有四百十門,門間四里,里間九純,純丈五尺。北門常開,以納不周之風。"《河圖括地象》:"八極之門,東北田蒼,正東開明,東南陽門,正南署門,西南白門,正西閶闔,西北幽都,正北寒門。八極之雲是雨天下,八門之風是節寒暑。"

日安不到,燭龍何照?題《燭龍圖》。

【箋】《海外北經》:"鍾山之神名曰燭陰,人面蛇身,赤色,身長千里,視爲晝,暝爲夜。"《淮南子》:"燭龍在雁門北,其國蔽於委羽之山，不見日。其神人面龍身，無足。"

羲和之未揚，若木何光？題《若木圖》。

【箋】《大荒東經》："東南海外有女子名羲和，帝俊之妻，生十日。"羲、和，二國名。每日出，二國人爲御。《啓筮》曰："空桑之蒼蒼，八極之既張，乃有夫羲和，是主日月，職出入，以爲晦明。"《淮南子》："若木末有十日，其花照下地。"

何所冬暖，何所夏寒？此題《火地冰海圖》。

【箋】《輿地志》："北有冰海，南有火地。"《大明官制》："五臺，丑北，炎天積雪，而六月尤寒。象臺，未南，歲際納涼，而季冬尤熱。"《八紘譯史》①："百爾西亞極熱，人常坐臥水中。阿路索極寒，六月有僵凍者。滿剌伽四時皆裸，莫斯哥盛夏重裘。"

焉有石林？題《瑤林圖》。

【箋】李賀曰："石林山在東海之東，有石如木，挺立數仞，開花朱色，爛然滿山。"《抱朴子》："昆侖有琅玕碧瑰之樹，每風起則枝條花葉互相叩擊。"《拾遺記》："須彌山第六層有五色玉樹，陰翳五百里。""方丈之山，玉瑤爲林。"

何獸能言？叶垠。題《能言獸圖》。

【箋】狌狌、萬萬、昆蹏、白澤、角端、山獡，皆獸之能言者。《神異經》："西南大荒中，有獸如兔，人面能言，其名曰詭。"《譯史》："哈烈有肉角馬，能人言。"

焉有龍虬，負熊以游？題《虬負熊圖》。

【箋】龍有角曰虬。《外紀》："黃帝有熊氏嘗乘斑龍四巡。"

---

① 譯，原作"繹"，當誤。[清]陸次雲撰有《八紘譯史》。下文省稱《譯史》。據改。

《列仙傳》："有熊鼎成，乘龍上升。"柳《天對》云："有蛇逶迤，不角不鱗。嬉夫元熊，相待以神。"

雄虺九首，題《相柳氏圖》。

【箋】《海外北經》："共工之臣曰相柳氏，九首，人面蛇身而青，食於九山，其所歍所尼，即爲源澤。"禹殺之。

儵忽焉在？叶。題《儵忽二帝圖》。

【箋】《莊子》："南海之帝爲儵，北海之帝爲忽。"儵忽者，言其往來急疾，無定在也。

【正誤】儵忽，王逸訛謂"電光"。

何所不死？題《長齡國圖》。

【箋】不死民在交脛國東。《天對》："員丘之國，身民後死。"

【蔣注】古稱龍伯民、阿姓國、三面人、毗騫王、無胯、三蠻、白民、祈淪、頻斯、軒轅、驩兜、移池諸國，多有不死者。

長人何守？叶矢。題《巨人國圖》。

【箋】《河圖玉版》："從昆侖以北九萬里，得龍伯國。人長三十丈，生萬八千歲。從昆侖以東，得大秦國，人長十丈，亦壽萬八千歲，不知田作，但食沙石。從此以東十萬里，得佻人國，長三十丈五尺。"何守，猶"防風氏守封禺之山"之"守"。

【蔣注】古來長人之說不一。《列子》《河圖龍文》所載，至西北海，人長三千里止矣；而《涼州異物志》有大人，在丁零北，長萬餘里。又《邊州聞見錄》："康熙二十六年，有從滇南航海者，遥望浮圖峙雲表，俄即之，人也。欠伸而起，捉七人啖之，還坐如浮圖。衆潛去奔船，其人舉足即至，曳船。衆斧之，斷指長二尺有奇。或曰此獨人國也。"

靡蓱蘋。九衢，題《靡蓱仙草圖》。

【箋】《家語》："楚王渡江得蓱實，大如斗。"《呂覽》："菜之美者，昆侖之蘋、壽木之華。"九衢，言其枝葉九出。王巾《頭陀寺碑》："九衢之草千計。"

【天問補注】沈約《郊居賦》："舒翠葉而九衢，開丹花而四照。"又《八詠詩》："凋芳卉之九衢，賣靈茅之三脊。"以"九衢"與"靈茅"對舉，見皆仙草也。梁元帝《爲妾弘夜珠謝東宮賚合心花釵啓》曰："夜珠昔往陽臺，雖逢四照，曾游澧浦，慣識九衢。"則似九衢爲水草矣。

枲華安居？題《疏麻瑶華圖》。

【箋】枲，麻之有子者。《説桔》云："疏麻大二圍，高四尺，四時結實。"《九歌》："折疏麻兮瑶華。"此以"枲"與"九衢"同舉者，似亦仙草類也。《朝鮮記》："鹽長國有建木，元華黃實，其實如麻，百仞無枝，下有九枸。""枸"與"衢"通，殆即建木之謂耶？

靈蛇吞象，厥大何如？題《巴蛇吞象圖》。

【箋】《海內南經》："巴蛇食象，三歲出其骨。"《郭注》："其長千尋。"《雍江記》："羿屠巴蛇於洞庭，其骨若陵，故曰'巴陵'。有象暴骨，爲象骨山。"《朝鮮記》："朱卷國黑蛇青首，食象。"

黑水元趾，《西京賦》"趾"作"沚"。三危安在？題《黑股國圖》。

【箋】《書》："道黑水，至於三危，入於南海。"《西山經》："黑水出昆侖西北隅。"元趾即元股國。《水經注》："三危在燉煌南。"《括地志》:"山有三峰,亦名卑羽山。"

延年不死,壽何所止? 題《壽民國圖》。

【箋】前言"不死",是言其人本多壽。此言"不死"者,見服食之能延年。何所止,壽命無期也。《穆天子傳》:"黑水之阿有木禾,食者得上壽。"《拾遺記》:"勃鞮國人食黑河水藻,壽千歲。"《淮南子》:"食黑水之藻,可以千歲。飲三危之露,可以輕舉。"又,三危有金臺石室,人食氣不死。

鯪魚何所? 魾堆迌。焉處? 題《鯪魚魾雀圖》。

【箋】《南越志》:"鯪形似蛇而四足。"《臨海異魚贊》:"吞舟之魚,其名曰鯪。背腹有刺,如三角菱。"《山海經》:"陵魚人面人手足而魚身,見則風濤起。"又,"北號山有鳥,狀如雞,白首鼠足虎爪,食人,名魾雀。"

羿焉彃日,烏焉解羽? 題《羿彈九烏圖》。

【箋】《淮南子》:"堯時十日並出,草木焦枯。命羿仰射,中其九日,日中烏盡死。"羿焉彃日者,言十日並出,羿即神射,豈能發矢及天而能射落其九乎? 烏焉解羽者,《漢書・天文志》注:"陽精之宗,積而成烏。"有象無質,又有何毛羽之解耶?

【右第三段】已上述大荒海外諸怪異,見天地生物不測,人不可以井蛙、尺蠖之見而窺天地也。

禹之力致力也。獻功,降省下土方,"方"字倒裝,將也。言方將致力於下土也,非《商頌》"下土方"之謂。焉得彼嵞山女,而通之於台桑? 題《禹娶嵞山氏圖》。

【箋】以下述三代興亡,似皆出於楚史《檮杌》。屈子曾為左徒,不必遠求柱下,故於《天問》記事獨詳。此中段起頂處。

【眉注】以下論人事，復從禹起者，禹以明德開基，爲三代首出之君，而猶被小人無稽之口，故屈子首先闢之也。

閔憂。妃匹合，厥身是繼。胡爲嗜不同味，而快鼂飽？叶庇。

【箋】《吳越春秋》："禹年三十未娶，自恐時暮，祝曰：'娶必有應。'乃有白狐九尾造焉，於是娶于塗山。"《呂覽》："禹娶塗山女，自辛至申，四日復往治水。"不同味者，言聖人之嗜味與人同耳。三十而娶，爲無後也。厥身是繼，其憂深也。且娶四日即行，爲民之陷溺於水，其憂更有甚於己之無子者。故三過其門而不入，八年於外，豈可誣以野合，如快一朝之飽者然哉？

啓代益作后，卒然離蠥。蠥。害也。題《啓代益作后圖》。

【箋】按：《史通》載，《竹書》有"益代禹立，拘啓禁之，啓出殺益"之説。卒然罹蠥者，謂啓潛出殺益。此或當時《檮杌》有此言，而屈子引之也。

【眉注】當時野史所傳，如舜囚堯、啓殺益、太甲殺伊尹、文丁殺季歷，此等怪僻邪説，要皆戰國術士陰謀，欲以聳動人主以行篡弒之計，固不足信也。

何啓惟憂，而能拘謂不拘也，反言見意。是達？叶迭。

【箋】禹薦益於天，禹崩，益避於箕山之陰。啓憂后位不己立，故乘其避讓之際，陽代陰踞，而卒踐天子位也。是達者，謂破禪讓格而爲傳子例也。

【附注】孟子稱天下諸侯朝覲者，不之益而之啓，則有扈何以不服耶？天下謳歌者，不謳歌益而謳歌啓，又何用"大戰於甘，用命賞於祖，不用命戮於社，予則孥戮汝"，又何其激烈如是耶？屈子生距孟子不遠，當時古史所傳，或別有據也？

【約注】益宜有天下，父薦益，則宜矢讓。人不服，則宜修德。今啓何以自居帝位，而征不服？專于憂勤，反前人之所拘者，而以達節破之？此一大疑案也。

皆歸射鞫，鞫。而無害厥躬。躬指益言。題《益避箕山圖》。

【箋】《書》疏：「有扈見堯舜受禪，啓獨繼父，不服，遂叛。」皆歸者，謂《甘誓》以「威侮五行，怠棄三正」而歸罪於有扈也。射鞫者，窮理罪人，而使之無可置辯也。無害厥躬者，啓即位，封伯益於費，史稱扈有歸益之心，益不自安，故請老歸政，就國於箕山之陰。及有扈滅而害不及益，故曰「無害厥躬」。

何后益作革，而禹播降？叶。

【箋】作革者，史稱益召興徒役，傅土表木，烈山澤而焚之，佐禹平水土，得施播降功，俾禹邀舜薦，履帝位。何禹崩，益膺禹薦，而益竟不克邀奏庶鮮食之報耶？

啓棘賓商，《九辯》《九歌》。叶基。題《啓賓商均圖》。

【箋】九棘，王之外朝。《王制》注：「左九棘，孤卿大夫位焉。右九棘，公侯伯子男位焉。」舜處其子義均於商，謂之商均。禹復封之虞，客而不臣。及啓即位，仍循舊典，賓商均於外朝之地，而奏《九辯》《九歌》之樂，以見己之變禪爲繼，猶勤於大德之報也。

【正誤】啓棘賓商，朱子謂「棘」當作「夢」，「商」當作「天」，以篆文相似而誤，非也。按《大荒西經》「夏后開」，即啓，避漢帝諱改「開」。「上三嬪於天，得《九辯》《九歌》以下。」《竹書》：「夏后啓十年，巡狩，舞《九韶》於天穆之野。」天穆，帝顓頊產伯鯀處。伯鯀，啓六世祖，非崇伯鯀也。此啓因巡狩於發祥之地而祀其先也。《天問》此章乃啓賓商均之事，不得援《山經》以釋《天問》。

何勤子屠母，而死分《發蒙》："'死分'句，猶言至於斯極也。"竟地？叶低。題《啓母化石圖》。

【箋】啓母石在嵩山。死分竟地者，謂人已化，而魄歸於地也。勤子者，《淮南子》：禹治水時，自化爲熊，以通轘轅之道。盇山女見而慚，遂化爲石。時方孕啓，禹曰："還我子。"於是石破生啓。夫禹之索啓，爲勤子也。而不知適已屠殰其母矣。此亦不經之説，故原闕之。

帝降夷羿，革孽夏民。胡躲石。夫河伯，而妻彼雒嬪？題《羿妻雒嬪圖》也。"胡"字直貫下，至"不若"止，甚言羿之殘忍而淫惡也。

【箋】夷羿，偃姓，有窮氏，左臂修而善射，自鉏遷於窮石。太康立，兵於河上以距之。及相立，爰逐相自立。《竹書》："帝芬十六年，雒伯用與河伯馮夷鬭。"河、洛，二國名。伯，其爵。嬪，其妃耳。羿恃善射，殺河伯，奪其國，又殺雒伯而淫其妃也。

【正誤】王逸《注》謂河伯化爲白龍，游於水旁，羿見射之，眇其左目。河伯上訴於天帝，曰："使汝深守神靈，羿何從得犯耶？"雒嬪，水神宓妃也。羿又夢與宓妃交。皆妄言也，故闕之。

馮珧利決，封狶是躲。題《羿滅封狶圖》。

【箋】珧，弓之飾以蜃者。決，象骨爲之，著指以鉤弦。封狶者，樂正夔之子。先是有仍之女美而鬒，厥澤可鑑。樂正后夔納之，生伯封，貪拘忿䫉，實有豕心，羿躬之桑林滅之。

【眉注】金履祥曰："《左傳》所載伯封之事似失之誣。《路史》曰：'禹命伯封叔及昭明作衍歷，歲紀甲寅，敬授人時。'則伯封夏之天官。仲康征羲和而夷羿滅伯封，是與王室争諸侯耳。"

何獻蒸同烝。肉之膏，而后帝不若？題《羿獻蒸肉圖》。

【箋】烝，冬祭也。《竹書》：太康被羿廢逐，居斟鄩。四年陟。羅苹《路史》曰："廢逐之後，世莫知其死。"不若者，似羿行操、莽之計，於冬祭日獻鴆肉而弑帝也。后帝，指太康。此事亦《檮杌》遺聞，得《天問》傳出，可補古史之闕。

【正誤】王逸注："帝謂天帝。羿獵射封豨，以其肉膏而祭天。"誤也。此罪羿之詞。封豕不道，羿滅之，胡乃躬行弑逆耶？

浞娶純狐，眩妻爰謀。叶枚。何羿之射革，而交吞揆之？題《浞娶純狐圖》。與上射河伯、妻雒嬪、射封豨對看，見天之報施不爽。

【箋】《路史》："浞，寒君伯明之讒子弟。"羿篡夏自立，任以爲相。浞烝娶羿妻嫦娥，小字純狐。浞內媚外賂，娛羿於畋，與逢蒙共謀殺羿。此言羿以貫革之勇，何以不能脱交吞之厄耶？

阻窮西征，嚴何越焉？題《羿遷窮石圖》。

【天問補注】此羿事。阻，當作鉏。窮，即有窮。羿自鉏遷窮，急於西征，其嚴險何以過於他國也？

【新注】《左傳》："魏莊子曰：'后羿自鉏遷於窮石。'"嚴，險也。越,過也。鉏城在滑州衛城東。《汲古文》:"太康居斟鄩,羿亦居之。"以商丘二斟較之,有窮在西,是羿之巖險無過於鉏,何以舍險而急於西征,爲浞所滅也?

化爲黃熊,巫何活焉?題《伯鯀化熊圖》。

【箋】《左傳》:"堯殛鯀羽山,其神化爲黃熊,入於羽淵。"羽山在今海州贛榆。登州蓬萊縣亦有羽山。鯀之入淵,蓋傷功之不成,被殛投荒,抱恨而自沉於羽淵也。《山海經》:"靈山有十巫,百藥爰在。"窫窳爲貳負所殺,帝憐其無罪,使六巫夾其尸,摻以不死之藥,而窫復活。此言鯀死化爲黃熊,似必有神巫治之,不然何以活焉?蓋闢化熊之說也。

咸播秬黍。黍,莆藿是營。何繇并投,而鯀疾咎。修長。盈?題《鯀營莆藿圖》。

【箋】莆藿,水草,窪下之地所出。鯀營莆藿之地爲隉,原欲使民播種,非有害民之心,何與四凶并投而罰更重乎?

【右第四段】已上述有夏一代事,而以鯀終者,蓋傷鯀功未就而獲咎,以致沉淵化熊也。

白蜺嬋蜎。嬰茀繞。茀,雲之透迤似蛇者。胡爲此堂?公卿祠堂。安得夫良藥,不能固臧?題《姮娥奔月圖》。

【箋】此形容純狐之妖氛淫氣,如虹蜺之縈繞於堂也。胡爲者,訝之也。《後漢書·天文志》:羿請不死之藥於西王母,羿妻姮娥竊之以奔月。將往,枚策之於有黃,筮曰:"翩翩歸妹,獨將西行。逢天晦芒,毋驚毋恐,後其大昌。"姮娥遂托身於月,爲蟾蜍,陰宗之精,三足,司太陰之行度,月神也。

【正誤】王逸謂:"崔文子學仙於王子僑。子僑化爲白蜺而嬰茀,持藥與崔文子。文子驚怪,引戈擊蜺,中之,因墮其藥。俯而視之,子僑之尸。"妄也。

【眉注】論人事,忽夾入"白蜺"一段,正爲此堂而發。堂與廟同,乃先王先公棲靈之所,不當以古今叛亂淫褻事及大荒海外諸怪異,滿繪於壁。"胡爲"二字,詞嚴義正。

天式法。從橫,陽離陰死。叶洗。大鳥何鳴,夫焉喪厥體?題《鼓鴉化鳥圖》。

【箋】《易》有陰陽五行、流行對待之理,所謂式也。從橫者,卦爻之錯綜也。陽離陰死者,《太玄》:"顛靈氣形反。"注:"陽極於上,陰絕於下。靈魄顛墜,則氣反於天,形歸於土。"大鳥何鳴者,《西山經》:鍾山之神曰鼓,與欽鴉殺葆江於昆侖之陽,帝戮之崌崖,欽鴉化爲大鶚,鼓亦化爲鵕鳥,而鳴音如辰鵠。此言鼓鴉既伏天誅,何能又化大鳥而鳴耶?

【正誤】王逸謂:"崔文子取子僑之尸,置之室中,覆之以弊筐,須臾化爲大鳥而鳴,開而視之,翻飛而去。"是皆無稽之語也。

萍號起雨,何以興之?撰具。體脅鹿,何以膺之?題《雨師風伯圖》。

【箋】《搜神記》:"雨師一曰屛翳,一曰號屛。"脅鹿,風伯飛廉也。舊詁謂:"天撰十二神鹿,一身八足兩頭。"《三輔黃圖》:"飛廉鹿身,雀頭,有角,蛇尾,豹文,能致風。"號,呼也。興,起也。言雨師號呼,何以風起雲興而必應之乎?

鼇戴山忭,何以安叶俺。之?釋舟陵行,何以遷之?題《海上蓬瀛圖》。

【箋】《玄中記》："巨靈之鼇，背負蓬萊山而忭。"《列子》："東海五山，岱輿、員嶠、方壺、瀛洲、蓬萊，相去七萬里，隨潮往來，不得暫峙，仙聖毒焉。帝命禺強使巨鼇十五舉首戴之，五山始峙。俄而龍伯之國有大人焉，一釣而連六鼇，合負而歸。於是岱輿、員嶠二山流於北海，仙聖之播遷者巨億計。"釋舟陵行，謂鼇釣山移，衆仙聖何以能安遷也？

【右第五段】已上雜記公卿祠堂所畫倪儒不經之事，各按其圖而闢之也。

惟澆在户，何求於嫂？叶叟。何少康逐犬，而顛隕厥首？此題《少康逐犬圖》。女岐縫裳，而館同爰止。何顛易厥首，而親以逢殆？叶底。題《女岐縫裳圖》。《心印》將前"帝降"十二句移置此章之首，似爲有見。殊不知屈子當日遇圖便題，隨筆而書，此文之所以前後錯出，如雲霞無心，自然變現也。

【箋】澆，寒浞淫羿室所生者。《竹書》注："少康使汝艾諜澆。初，浞娶純狐氏，有子早死，其婦曰女岐，寡居。澆强圉往至其户，佯有所求。女岐爲之縫裳，同舍止宿。汝艾夜使人襲斷其首，乃女岐也。澆既多力，又善害人。艾乃畋獵，放犬逐獸，因嗾澆顛隕，乃斬澆以歸。"以澆之强，何以斃於一犬？以女之縫裳，何以誤斷其首？皆當時相傳妄語。故闢之。

【胡應麟曰】《紀年》明書伯靡帥二斟之師以伐浞，少康使汝艾伐過殺澆，伯子杼帥師滅戈，皆聲罪致討之師。乃有以澆淫於嫂，而艾襲之誤斷女岐之首，又因田獵以犬逐澆。夫澆既父子竊國，所居必擬於王者，豈得潛身下里，同於細人。且既遭女岐之顛越，在澆豈無戒心，而復捐生於一犬耶？足見世說之妄。

湯朱子云"康"字之訛。謀易旅，何以厚之？題《少康中興圖》。

【箋】《左傳》："夏后相失國，依於二斟。浞使澆殺斟灌，以伐斟鄩，滅夏后相。后緡方娠，逃歸有仍，生少康。長爲虞庖正，有田一成，有衆一旅，能布其德而兆其謀，收二國之燼，卒滅浞、澆。"何以厚之，謂康以一旅之衆，何以厚集其力，卒能殄滅元凶而祀夏配天？

覆舟斟鄩，何道取叶此苟反。之？題《覆舟戰濰圖》。

【箋】《竹書》："帝相二十七年，澆及斟鄩大戰於濰，覆其舟，滅之。"何以取之者，謂斟灌、斟鄩皆夏同姓諸侯，后相失國依之，是必國有可恃，兵力尚強，何以澆一鼓覆其舟而滅之耶？

桀伐蒙山，何所得叶狄。焉？妹嬉何肆，湯何殛焉？題《桀得妹嬉圖》。

【箋】《大紀》："桀伐蒙山，有施氏進女妹嬉。桀嬖之，爲之造瓊室、象廊、瑤臺、玉牀，行淫縱樂。又爲肉山脯林，酒池可以運舟，一鼓而牛飲者三千人。"伐蒙得妹，桀以爲喜，而不知湯之所藉口者，正以此爲兵端也。何肆寬女寵之條，而著放伐之罪？何殛，微詞也。

舜閔在家，父何以鰥？叶矜。鰥。堯不姚告，二女何親？此題《帝館甥於貳室圖》。

【箋】《書》："有鰥在下。"姚，瞽瞍姓。二女，娥皇、女英也。以舜之孝而父不爲娶，以君之尊反釐降二女而親之者，何也？爲得聖壻也。

厥萌在初，何所意叶益。焉？璜臺十成，何所極加。焉？題《紂作璜臺圖》。

【箋】初,紂作象箸,箕子嘆之,謂必有玉杯,玉杯必盛熊蹯豹胎,如此必崇廣宮室。紂果作玉臺。厥萌未著,何所意而知之乎?《世紀》:"紂作瓊室,飾以美玉,七年乃成。大十里,高千丈,多發美女以充之。"

登立爲帝,孰道尚之? 題《聖女立極圖》。

【箋】登,安登。少典之妃,有蟜氏女,游於華陽,感神而生炎帝。古無稱帝者,自登之子立爲帝,然後始有帝稱,是遵何道而尚之耶?

女媧有體,孰制匠之? 題《女帝異表圖》。

【箋】女媧,伏羲女弟,生而神靈,繼兄立極。鍊五色石以補蒼天,斷鼇足以立四極,殺黑龍以濟冀州,積蘆灰以止淫水。《河圖挺佐輔》云:"女媧牛首蛇身,宣髮,一日七十化。"其異相神體,造物誰爲匠制之也?

舜服厥弟,終然爲害。何肆犬豕,而厥身不危敗? 題《謨蓋焚廩圖》。

【箋】四岳既已薦舜,而象不格奸,猶爲謨蓋焚廩之舉,欲殺兄妻嫂。此人倫大變之異,王法所不容。在堯時不即加誅者,豈礙於舜之孝,並全其友于之道耶? 不然,何以厥身不危敗耶?

吳獲迄古,古公亶父。南嶽是止。孰期去斯,得兩男子? 題《勾吳開國圖》。

【箋】《吳越春秋》:"古公病,泰伯、仲雍知父欲立季歷,託名采藥於衡山,遂之荆蠻。斷髮文身,示不復用,自號勾吳。"

【天問補注】斯,指南嶽。原本楚人,故以南嶽爲"斯"也。

去南嶽而開國於吳,孰期泰伯、仲雍去而吳得兩男子也。

【右第六段】已上由夏及商,由澆及桀,以見禍亂之端,並古聖賢佚事。迨因圖畫錯綜不類,故隨所見而題之歟?

緣鵠飾玉,后帝是饗。何承謀夏桀,終以滅喪?此題《湯饗上帝圖》。

【箋】鵠,鼎之形象鵠者。以玉飾之,取其潔也。后帝,謂上帝也。承謀者,謂伊尹承湯密謀而往事桀也。《竹書》:"帝桀十七年,商使伊尹來朝。二十年,伊尹歸於湯,遂謀伐夏。"

【附注】按:伊尹以割烹要湯,事見《萬章》。《呂覽》亦載尹以至味説湯之詞。然皆非此章之義。蓋緣鵠饗帝,此湯恐尹往,慮其謀之不遂,故籲天而禱也。其曰"承謀",則見湯謀有心;曰"夏桀",則見其目之無君也久矣。終以滅喪者,言湯六百年後,其子孫亦如桀之滅喪也。此皆不滿於湯之詞。此後段起頂處也。

帝乃降觀,示。下逢合。伊摯。叶哲。何條放致罰,而黎伏一作服。大説?題《放桀鳴條圖》。

【箋】帝乃降觀者,桀本無道,天厭夏德,故帝亦降而饗湯之祀,並示之以條放致罰之機。下適與伊尹之謀合,不然,何以焦門之禽而黎民大説耶?

簡狄在臺,嚳何宜?元鳥致貽,女何喜?叶嬉。漢《禮儀志》作"嘉"。題《簡狄吞卵圖》。

【箋】娀女吞鳦卵生契,事見《商頌》。《呂覽》:"有娀氏二女居九成之臺,帝令燕往視,覆以玉筐,發之,燕遺卵北飛。"《符瑞志》:"簡狄從帝祀郊禖,浴於玄丘之水,有玄鳥遺卵墜地,吞之,生契。"何宜、何喜者,言簡狄在母家臺上,嚳何以知其宜男而娶之乎?玄鳥遺卵,女何以知其爲祥喜而吞之乎?

該朱子謂是"啓"字。秉季德,厥父是臧。胡終弊於有扈,牧夫牛羊?題《少康出牧圖》。

【箋】有扈,王逸《注》:"澆國名。"當時大戰於甘,有扈雖滅,而其怙強稔惡之衆如澆者,固未盡殄也。及太康尸位,餘孽一時同逞,所以卒遭羿、澆之禍。蓋兵端由於伐扈,以致后緡歸於有仍。爲牧正,是"終弊於有扈"也。

【聽直】厥父是臧,美幹蠱也。

干協時舞,何以懷叶回。之?平脅一作受平。曼膚,何以肥之?題《舞干格苗圖》。

【箋】此怪啓既"厥父是臧"矣,胡不法乃考之"誕敷文德",以懷來有扈之衆耶?按《世本》:"扈爲啓之庶兄。"《淮南子》:"有扈爲義而亡。"《路史》注:"夏之失德,始於伐扈。孔子叙《甘誓》,特以見夏德之衰。"何以肥之者,是時民不識兵革,士不勞供頓,享豐腴之樂,而無鳩鵠之形。較夫牧牛羊者之形容憔悴,豈不大有可悲者乎?

有扈牧豎,云何而逢?擊牀先出,其命何從?題《汝艾擊澆圖》。

【箋】少康官於有仍,爲牧正,而云"有扈"者,蓋是時少康使汝艾諜澆,不敢顯言有仍,故托名有扈,潛踪而出,與汝艾擊澆也。云何而逢者,澆與女岐同館而宿,迨汝艾往殺,適值其出,悞斷女岐之首,無繇得澆,何以倖免耶?

恒秉季德,焉得夫朴按《集韻》,與"樸"同音"僕",當是"僕"字之誤。牛？叶移。何往營班祿，不但還來？叶。題《上甲復讐圖》。

【箋】殷侯上甲微，冥之子也。《前漢書·古今人表》：帝嚳妃簡邊生卨，卨五世孫冥，冥之子垓。顏師古曰："垓，音該。"《天問》："該秉季德。"按此，則上章"該"乃"啓"之訛，此章"恒"乃"該"之訛也。朴牛，僕牛也。《山海經》："困民之國，有人曰王亥，託於有易，河伯僕牛，有易殺王亥，取僕牛。"《竹書》："帝泄十二年，殷侯子亥賓於有易，有易殺而放之。十六年，殷侯微以河伯之師伐有易，殺其君綿臣。"沈約《注》："殷侯子亥賓於有易而淫焉，有易之君綿臣殺而放之。故殷上甲微假師於河伯，以伐有易，滅之，遂殺綿臣。"上甲之父冥，勤民而水死。《長發》逸詩曰："冥勤於官，水國載安。有易凶頑，僕牛是殘。帝命式甄，上甲桓桓，孝思孔宣。"蓋冥爲水官，河伯屬焉，故上甲微得假河伯之師，殺綿臣而復僕牛之地也。往營者，《竹書》：帝芒三十三年，上甲微自商丘遷於殷。孔甲九年，殷侯復歸於商丘。班祿者，言上甲微初但往營其地，後復班其祿於一國之衆也。

【正誤】王逸謂湯出獵而得大牛之瑞，屈復引《越絶書》謂湯獻牛於荆之伯之事。皆非也。

昏微遵迹，有狄不寧。何繁鳥萃棘，負同婦。子肆情？題《春林覓卵圖》。

【箋】遵，循也。迹，巨人之迹。姜嫄履帝武而生稷，簡狄吞燕卵而生契。不寧，猶《左傳》"弗寧唯是"也。謂簡狄與姜嫄同得瑞應而妊子，皆昏微暗昧之事。然當時傳之，後世羨之，求子者往往春日於繁鳥萃林中，覓燕遺卵而吞之，以肆其情欲焉。

【正誤】王逸謂解居父聘吳,過陳墓門,見婦人負其子,欲與之淫佚,肆其情欲。婦人引《詩》刺之曰:"墓門有棘,有鴞萃止。"何誕妄之甚耶!

眩弟並淫,危害厥兄。叶香。何變化以作詐,而後嗣逢長? 題《慶父脅莊圖》。

【箋】眩弟謂慶父、叔牙,皆魯莊公母弟。《左傳》:"慶父通於哀姜,以脅公。"是二子眩惑其嫂,並爲淫亂。既謀殺兄,又殺其兄之二子,何變化作詐若此,而季友猶爲之立後於魯也?

【附注】《天問》凡四引春秋列國之君:魯莊也、齊桓也、晉獻也、吳闔閭也。魯以秉禮之國爲周公後,而子孫之淫亂若此。齊爲太公後,泱泱表海之風,而桓卒於以聽讒被弑。晉以唐叔之後,至獻公乃滅同姓,娶諸姬,聽驪姬之譖而殺申生。闔閭以泰伯之後,弑兄王僚而自立。皆無道之甚者,列引之,罪之也。

【正誤】眩弟,王逸謂指象,則"並淫"二字何以稱耶?

成湯東巡,有莘爰極。何乞彼小臣,而吉妃是得? 叶狄。題《有莘嫁女圖》。

【箋】有莘,國名。湯居西亳,在有莘之西,故曰"東巡"也。極,至也。小臣,謂伊尹。《世紀》:"湯夢人抱鼎俎,對己而笑,寤而求伊摯於有莘之野,其君留而不遣。湯乃求昏於有莘,遂嫁女於湯,以摯爲媵臣。"尹由有莘氏得,故妃曰"吉妃"。此見湯之有心求尹。

水濱之木,得彼小子。夫何惡之,媵有莘之婦? 叶米。

題《伊尹滕女圖》。

【箋】《吕覽》：「伊尹母居伊水上，孕，夢神曰：'臼出水，東走無顧。'明日視臼出水，告其鄰，東走十里，顧其邑盡爲水，因化爲空桑。有女子采桑，得嬰兒空桑中，獻之有莘之君，命烰人養之，故曰'伊尹'。」《尚書大傳》：「伊尹母行汲，化爲空桑。父尋至水濱，見桑穴中有兒，取歸養之。」惡之，尹生既有異，又長有異才，何有莘反以之滕女而資湯耶？此見尹亦有心干湯。滕女，見有莘之出於不得已也。

湯出重泉，夫何辠罪。尤？叶摇。**不勝心伐帝，夫誰使挑之？**題《負鼎説湯圖》。

【箋】《太公金匱》：「桀怒湯，用諛臣趙梁計，召而囚之均臺，置之重泉。湯行賂，桀釋之。」不勝心，微詞也。使湯果無伐帝之心，則使尹挑之者誰耶？必湯陰有勝心之處，故尹之言得以乘間而入也。挑之者，尹負鼎干湯。湯問至味，尹對曰：「君之國小，不足以具。爲天子，然後可具。」是以味挑之也。奔夏三年，反報於亳曰：「桀迷於妹嬉，好彼琬琰。」是以謀挑之也。湯固有心問，尹亦有心挑。以臣伐君，湯與伊尹固不得辭其咎也。

【右第七段】已上題殷湯一代，而夾入啓與魯事者，圖有錯出也。

【眉注】案：成湯即位至被執之年，已改元七載。至伐桀之年，又十一祀矣。湯之稱王不知始於何年。金履祥曰：「湯、武興師，是即受命之日。一日之間，天命未絶則爲君臣，天命既絶，則爲獨夫。」「天命殛之」，湯師之興固是應天順人，然「不從誓言，予則孥戮汝」，其勝心伐帝之謀，已定於伊尹復歸於亳之日矣。

會黿爭盟，何踐吾期？蒼鳥群飛，孰使萃之？題《武周大會孟津圖》。

【箋】《史記》："武王伐紂，甲子之朝，諸侯不期而會孟津者八百國。"蒼鳥，猶蒼鷹也。《詩》："維師尚父，時維鷹揚。"群飛，謂鷹隼，將帥之衆。曰"何踐"、曰"孰使"，見皆出於尚父之陰謀也。

列擊紂躬，叔旦不嘉。何親揆發，定一作足。周之命以咨嗟？題《列擊紂躬圖》。

【箋】《史記》："武王至紂所，射之三發，以黃鉞斬其頭，懸之太白之旗。"所謂"列擊"也。不嘉，周公目擊武王之所爲，皆公之所不嘉者，曷又親爲揆謀發策，定武周之命而爲天子耶？咨嗟，謂《泰誓》《牧誓》之詞多出於周公製作，雖咨嗟無益也。按：上章"何踐""孰使"及此章"親揆""定命"，皆不滿尚父、周公之詞。

授殷天下，其位安施？叶梭。題《桀讓湯位圖》。

【箋】《周書·殷祝解》："鳴條之敗，桀請致國於湯。湯留之，桀讓之，至再三。終不肯留，乃與其屬五百人，避之南巢之野。"則殷之有天下，乃桀讓而授之也。其位安施者，湯既受桀讓，知天命在己，故允三千諸侯之請。不然則大寶虛懸，社稷無主，其位安所施而讓之誰耶？

反成乃亡，其罪伊何？

【箋】反成者，謂紂背湯成德，以致兵敗坶野。其罪伊何者，紂即赴火死，武王猶親射之三，以鉞擊斬之，懸諸太白。紂雖得罪於天，未始得罪於臣，恐數紂之罪而紂不服也。觀此則湯、武之優劣定矣。

爭遣伐器，何以行叶。之？并驅擊翼，何以將之？題《武王誓師圖》。

【箋】《牧誓》"稱爾戈，比爾干，立爾矛"，所謂"爭遣發器"也。《六韜》："翼其兩旁，疾擊其後。"何行、何將，微詞也，此承上"其罪伊何"而言。當時譽武者莫不曰應天順人，既曰天與人歸，又何稱爾戈矛疾擊之耶？與所謂倒戈攻北者矛盾矣。

昭后成游，南土爰底。厥利維何，逢彼白雉？題《昭后巡行江漢圖》。

【箋】昭后，康王子，名瑕。成，遂。底，止。利，貪其心之所欲也。《竹書》："昭王末年，荆人卑詞致於王曰：'願獻白雉。'乃密使漢濱之人膠船，以待王南巡狩。抵漢中流，膠液船解，與祭公、辛餘靡皆溺。"

穆王巧挴，同拇。夫何爲周流？環理天下，夫何索求？題《瑤池宴穆圖》。

【箋】穆王，昭王子，名滿。挴，將指也。巧，捷足也。《竹書》注："穆王北征流沙，西征昆侖，環履天下，億有九萬里。"《列子》：西極之國有化人來，與王神游。化人之宮，因肆意遠游。駕八駿之乘，右驊騮而左綠耳，右驂赤驥而左白㸺。主車則造父爲御，泰丙爲右。次車之乘，右服渠黃而左逾輪，左驂盗驪而右山子柏夭。主車參伯爲御，奔戎爲右。馳驅千里，至于巨蒐之國，獻白鵠血以飲王，具牛馬湩以洗王足。已而行，遂宿於昆侖之丘、赤水之陽。別日，升昆侖丘，觀黃帝之宮，遂賓於西王母，觴於瑤池之上。西母爲王謠，王和之。乃觀日之所入,行萬里乃還。"

妖夫曳衒,何號於市？周幽誰誅,焉得夫褒姒？題《褒人獻姒圖》。

【箋】幽王,宣王子,名宫涅。《國語》:"夏之衰也,有二龍止於庭,曰:'余褒之二君也。'"夏后請其漦藏之櫝。至周厲王末發之,漦流於庭,化爲元黿,入王後宮。童妾遭之,孕,當宣王時,生女棄之。先是,童謠曰:"檿弧箕服,實亡周國。"有夫婦鬻是器者,王執之。夜逸,聞女號,即所棄女,取之奔褒。及幽王時,褒人有獄,入之,是爲褒姒。王嬖之,廢申后及太子宜臼而立爲后,遂爲申侯犬戎所殺。曳衒,負物而衒賣也。周幽誰實誅之？非犬戎,乃褒姒誅之也。幽不責褒,則褒不納女,姒安得入宮,王亦何由而被誅乎？

天命反側,何罰何佑？叶異。齊桓九會,卒然身殺。題《齊桓九合圖》。

【箋】《國語》:桓公任管仲,兵車之會三,乘車之會六。九合諸侯,一匡天下。及仲卒,用易牙、堂巫、豎刁、開方,期年而亂。饑不得食,渴不得飲,援幭裹頭而絕。諸子相攻,六十日不斂,尸蟲滿戶外,與見殺無異,故曰"身殺"也。

彼王紂之躬,孰使亂惑？何惡輔弼,讒諂是服？比干何逆,而抑沉之？題《比干剖心圖》也。雷開阿順,而賜封之？題《雷開受封圖》。

【箋】《韓詩外傳》:紂爲炮烙,比干諫,紂殺之,剖其心。《大紀》:雷開進諛言,紂賜金玉而封之。

何聖人之一德,卒其異方？梅伯受醢,題《梅伯被醢圖》。

箕子佯狂。題《箕子爲奴圖》。

【箋】異方者,言湯以一德之聖,而其子孫何以暴虐之如此也?《史記》:"九侯有好女,入之紂。女不喜淫,紂殺之,醢九侯。鄂侯即梅伯,争之强,并脯鄂侯。"《韓詩外傳》:"比干諫死,箕子曰:'知不用而言,愚也;殺身而彰君惡,不忠也。'遂被髮佯狂爲奴。"

【右第八段】已上題有周一代,而又溯及紂事者,見幽之被誅於褒姒,亦猶紂之國亡於妲己。何不遠鑒於殷,徒令後人復哀後人也?

稷維元子,元妃之子。帝何竺同篤。之?投之於冰上①,鳥何燠之?題《后稷初生圖》。

【箋】稷母有邰氏姜嫄,爲帝嚳元妃。出野見巨人迹,踐之而生稷。《詩》:"誕寘之隘巷,牛羊腓字之。誕寘之寒冰,鳥覆翼之。"以爲神,遂收養之。此以見稷之生非偶然,周之所以興,實有天命在焉。

何馮弓挾矢,殊能將之?既驚帝切激,何逢長之?題《季歷征戎圖》。

【箋】殊能將之者,史稱王季在帝乙時伐西落鬼戎,太丁時伐燕京之戎,後又伐余吾、始呼、翳徒之戎,皆克之。《竹史》:"季歷事殷,凡七用師而六大勝。太丁嘉歷之功,錫之圭瓚、巨鬯、彤弓、玈矢,九命爲伯。既而執諸塞庫,困而死。"驚帝激切者,豈因震主之威而不能自戢歟?何逢長之者,《詩》:"帝作邦作對,自大王、王季","帝度其心,貊其德音。其德克明,克明

---

① 上,據端平本《楚辭集注》補。

克類,克長克君,王此大邦。克順克比,比於文王。其德靡悔,既受帝祉,施於孫子",是天之逢長之者至矣。

【正誤】馮弓挾矢,王逸訛作稷事,帝訛作紂。蔣驥訛作譽。屈復又謂"馮弓挾矢"爲指文王。皆誤也。

伯昌號衰,秉鞭作牧。題《文王作牧圖》。

【箋】文既嗣歷,值殷之衰,乃呼號於天,躬率殷之叛國以事紂也。

何令徹彼岐社,命有殷國?

【箋】時文王天下有二,然是商之一諸侯耳。何以卒徹岐周之社,通而爲天下之大社耶?按《竹書》:"帝辛三十二年,有赤鳥集於周社。"《墨子》:"赤鳥銜珪,降周岐社,曰:'天命周昌,代殷有國。'"蓋天命有周,早已赤鳥集社,爲興王之兆矣。

遷藏就岐,何能依?殷有惑婦,何所譏?受賜兹醢,西伯上告。叶姤。何親就上帝罰,殷之命以不救?① 題《紂賜醢子圖》。

【箋】太王遷藏就岐,豈一岐之地,遂能望其子孫依而滅殷耶?紂之失國,豈因受一婦人之惑,遂致喪天下耶?總緣紂用菹醢之虐,有以自取之也。即如紂,既菹醢其子矣,又賜其父,且猶曰:"孰謂西伯聖者乎,食其子而不知。"臣罪當誅,天王聖明,文王豈敢怨而上告於天?然上帝之怒已明明鑑察,迨坶野之師,武恭行天誅,紂實親受上帝罰。是以紂雖有衆七十萬,何能救殷之命乎?

---

① 之,據端平本《楚辭集注》補。

師望在肆，昌何識？叶志。鼓刀揚聲，后何喜？叶係。題
《文王出獵圖》。

【箋】《史記》："西伯將出獵，卜之，曰：'所獲非龍非彲，非
虎非熊，霸王之輔。'果遇太公於渭陽。"鼓刀揚聲，見太公有心
干文。何喜，見文王有心物色此膺揚之佐。觀"太公望子久
矣"一語，則《詩》稱太王"實始翦商"，雖無翦商之迹，然其迫欲
望周之興，自太王時已然矣。

武發殺殷，何所悒？載尸集戰，何所急？題《武王載尸集戰
圖》。

【箋】何悒、何急，微詞也，見武之已甚。紂既自焚，猶鉞斬
旗懸，何所恨而至此極耶？武王東觀兵，載文木主而行，何所
迫而至此急耶？總緣殷有惑婦，故藉口以爲解天下倒懸之厄
也。此亦不滿於武周之詞。

伯林雉經，維其何故？何感天抑墜，夫誰畏懼？題《驪姬
譖申圖》。

【箋】《國語》："晉申生雉經於新城之廟。"申生之冤真能感
天動地，而譖之者竟不畏幽有鬼神乎？此獨有感申生之死者，
被譖於驪姬也，以見艷妻之禍無窮，深痛鄭袖之禍楚也。

皇天集命，惟何戒之？受禮天下，又使至代之？題《伊訓
太甲圖》。

【箋】天既集大命於殷矣，嗣王不惠於阿衡，尹復作《太甲》
三篇以戒之，俾其子若孫受禮天下至六百祀之久，是天之成之
者至矣。而其後天卒使周代之，何耶？正以見天命之靡常也。

初湯臣摯，後兹承輔。何卒官湯，尊食宗緒？題《伊尹配

享太廟圖》。

【箋】尹初爲媵湯之一小臣耳，後乃説湯伐桀，卒能輔湯官天下而爲君也。《祭法》："殷人禘嚳而郊冥，祖契而宗湯。"尊食，謂以祖宗配食於昊天上帝，而尹亦得以配享於湯之太廟也。按：上文"又使"及此章"何卒"等字，皆不滿湯與伊尹之詞。

【附注】屈子於《天問》篇獨執此董狐之筆者，時天下諸侯畔，周無王，故特伸此大義，專爲諷楚之謀周而發也。按《綱目》周報王三十四年書："楚謀入寇，王使東周武公謂令尹昭子曰：'西周之地不過百里，而名爲天下共主。裂其地不足以肥國，得其衆不足以勁兵，而攻之者名爲弑君。然而猶有欲攻之者，見祭器在焉。今子欲殘天下共主，居三代傳器，器南而兵至矣。'於是楚計不行。"蓋蠶食諸姬，楚之故智。左徒久知其謀，不敢明言，特假題圖而諷之也。

勳闔夢生，少離散罹。亡。何壯武厲，能流匹也。厥嚴？同莊。題《闔閭霸吳圖》。

【箋】吳王闔閭祖壽夢，壽夢卒，諸樊立，傳弟餘祭、夷昧及子僚，故闔閭不得立。因伍子胥進專諸，遂弑僚而自王，使子胥爲將，復讐破楚，故曰"勳闔"。嚴，古"莊"字，避漢明帝諱，改"嚴"，謂楚莊王也。楚自武王伐隨以來，殘食諸姬。至莊而霸，伐陸渾之戎，觀兵問鼎，大有窺伺周室之心。能流厥嚴者，謂闔閭之創霸稱雄，幾與楚莊匹敵，所以能復讐而破楚也。

【右第九段】已上溯及周初，見周之所以有天下。然武之放伐，湯實啓之，故復及湯，以諷楚不當誅周，亟宜報秦。何勳闔能復楚讐，而楚竟不能復秦讐也？

彭鏗頊項裔孫,堯時封於大彭,歷虞夏至商,年七百餘歲。斟酌。雉,彝器。《周禮》:"春祀夏禴,祼用雞彝、鳥彝。"帝上帝。何饗？壽命永多,夫何長？言享國之永。題《彭鏗斟雉圖》。中央共牧,后何怒？蜂蛾同蟻。微命,力何固？《列子》:"四海之齊,謂中央之國。"《埤雅》:"蜂居如臺,蟻居如樓。"此章以下至末,均爲懷王兵敗而發。此末段結穴處。

【箋】此更追溯彭鏗者,冀懷之法祖而敬天也。楚與當時列國之君,共牧其民,天何怒楚,獨令其敗亡相繼者？蓋嗔其不能敬天而勤民也。物命之微莫如蜂蟻,然蜂尚有兼弱之智,蟻尚有攻寡之計,痛懷之愚曾蜂蟻之不若,徒恃蠻觸而鬥也。《史》稱:"懷王十七年,怒張儀之詐,興師伐秦。戰於丹陽,秦大敗我師,斬甲士八萬,虜大將屈匄,遂取漢中郡。楚悉發國中兵,復襲秦,大敗於藍田。韓、魏聞楚困,襲楚至鄧。楚懼,引兵歸。於是楚割兩城與秦平。"此雖天怒,亦由楚以自取之也。

【正誤】王逸謂鏗善斟雉羹事堯,堯饗之,錫之以壽八百歲,猶自悔不壽。又謂中央之州有岐首蛇,爭共食牧草之實,自相啄噬。皆妄説也。

驚女采薇,鹿何祐？叶。北至回水,萃何喜？題《驚女采薇圖》。王逸《注》:"昔有女子采薇,有所驚而走。北至回水之上,止而得鹿,家遂昌熾。"

兄有噬犬,弟何欲？易之以百兩,卒無禄。題《子鍼易犬圖》。王逸《注》:兄謂秦景公,弟公子鍼也。秦伯有噬犬,鍼欲以百兩之車易之。秦伯不聽,遂逐鍼而奪其禄。

【箋】此以驚女諷楚懷兵敗之後，尤當修省如驚女之恐懼，自然獲鹿，猶可以爲善國也。兄喻秦，犬比張儀。《史》稱："儀以商於六百里地詆楚絶齊，卒被其欺。及兵敗於秦，秦割漢中之半與楚和。楚王曰：'不願得地，願得張儀而甘心焉。'儀聞，請往如楚。又因厚幣用事臣靳尚，設詭辭於王之寵姬鄭袖，釋去儀。是時屈平既疏，使於齊顧反，諫曰：'何不殺張儀？'懷王悔，追儀不及。其後諸侯共擊楚，大破之，殺其將唐眛。"此痛楚懷信愚，貪得秦地而卒不得，反受其噬。所謂"兄有噬犬，弟何欲？易之百兩，卒無禄"也。

薄暮雷電，歸何憂？厥嚴謂莊。不奉，帝何求？不法祖而求帝，無益也。

【箋】《易》："震驚百里，不喪匕鬯。"《本義》："能恐懼則致福。"又："雷電噬嗑，先王以明罰敕法。"薄暮，晚也。此諷懷王當此敗亡之際，果能回心歸於恐懼修省，敬天勤民，而又能明罰敕法，奮楚莊餘烈，報讎泄恥，又何遲暮之感耶？

【正誤】薄暮雷電，舊注有謂喻已年老者，有謂呵壁問天時日已暮者，有謂大風雷感周公之還而悼已之不得歸者，皆誤也。

伏匿穴處，爰何云？叶揚。題《熊繹穴處草莽圖》。

【箋】追溯楚之開國賢君，見楚之可爲也。《左傳》楚先王熊繹"辟在荆山，篳路藍縷，以處草莽"，所謂伏匿穴處也。按：繹事周成王，爲楚始封之君。爰何云者，言其以子男微秩僻處蠻封，尚能開國創業而垂統也。

荆勳徇師，夫何長？題《荆勳作師圖》。

【箋】楚自熊通開濮地而有之，始自立爲武王。周莊五十一年，武王荆尸，授師孑焉，始用戟爲陳，所謂"荆勳作師"也。

已上蓋深勉楚懷王不可因兵困於秦，遂至委靡，不鑑我先王以自振也。

【正誤】王逸引"楚邊邑處女與吳邊邑處女爭采桑"事以實之，誤也。蓋爭桑乃《王僚傳》中語，與荊勳無涉。

悟過改更，我又何言？叶。題《昭王悔過圖》。

【箋】《左傳》："吳入楚，昭王奔隨，藍尹亹不與王舟。及楚寧，王欲殺之。子西曰：'子常惟思舊怨以敗，君何效焉？'王使復其所。"子西遷都於鄀，而改紀其政。所謂"悟過改更"也。

吳光闔閭。爭國，久余是勝。題《吳師在陳圖》。

【箋】《左傳》："吳師在陳，楚大夫皆懼，曰：'闔閭惟能用其民，以敗我於柏舉。今聞其嗣又甚焉，將若之何？'"所謂"吳光爭國，久余是勝"也。於"悟過改更"後，忽言"吳光爭國，久余是勝"者，吳至楚惠王時不久即爲越滅，此蓋諷懷不可恃力而鬥，當以吳爲戒也。

何環穿自閭社句。丘陵，句。爰出子文？"環穿"七字，一作"環閭穿社以及丘陵，是淫是蕩"。題《虎乳子文圖》。

【箋】若敖娶于䢵，生鬬伯比。若敖卒，從其母畜于䢵，淫于䢵子之女，生子文。棄之夢中，虎乳之。䢵子田見之而收養焉。楚人謂乳爲"穀"，虎爲"於兔"，故名鬬穀於兔。環穿者，謂䢵女旋穿閭社，通于伯比生子，以至棄於丘陵而虎乳之也。引此以見惟楚多材，勿慮國無忠貞如子文其人者。

吾告堵敖以不長。題《告堵敖圖》。

【箋】堵敖，熊囏也。楚文王滅息，以息嬀歸，生囏及惲。囏立三年，其弟惲弑之而自立。楚人君死不得謚不成其爲君，謂之"敖"。告堵敖以不長者,此追聞懷王有入武關之信,深慮其死於秦而不得謚。不長,不久也,言眼見即有堵敖之稱焉,是以亟欲告之,俾其毋往也。不意不聽其言,卒如所料。

【正誤】王逸謂堵敖爲楚之賢人,誤也。

何試謚字之訛。上自予,題《子囊謚共圖》。

【箋】《左傳》:"共王疾,告大夫曰:'不穀少主社稷,生十年而喪先君,未及習師保之教訓,是以不德而亡師於鄢,以辱社稷,爲大夫憂。若以大夫之靈,獲保首領以歿,從先君於禰廟者,請爲"靈"若"厲",大夫擇焉。'莫對。五命乃許。秋,共王卒,子囊謀謚。大夫曰:'君有命矣。'子囊曰:'君命以"共",若之何毀之?赫赫楚國而君臨之,撫有蠻夷,奄征南海,以屬諸夏,而知其過,可不謂"共"乎?'大夫從之。"自予,謂子囊,此所謂"謚上自予"也。

【正誤】舊注有謂鬻拳以兵諫嘗試君上者,有謂昭王奔隨子西爲王服者,有謂原自傷以空言嘗試君上自彰忠直名者,總緣不識"謚"字之訛,遂以訛傳訛,生出許多穿鑿附會來。

忠名彌彰?

【箋】《左傳》:"子囊還自伐吳,卒。將死,遺言謂子庚曰:'必城郢。'君子謂:'子囊忠。君薨,不忘增其名;將死,不忘衛社稷,可不謂忠乎?'《詩》曰:'行歸於周,萬民所望',忠也。"故曰"忠名彌章"。

【右第十段】已上自"彭鏗斟雉"以下,皆極望懷王兵敗之後,恐懼修省,效共王不忘亡師於鄢之辱,悔過自陳,設遇不測,庶臣下得以抒其忠而謚上也。乃不料一入武關,遂没身異地,使在廷諸臣,雖欲謚之爲"靈"若"厲",而已不可得,況何能尚望其如子囊之以忠名彰耶？已上皆大夫痛哭直陳之詞，無如若終不悟，徒使忠臣孝子抱恨於九原而已矣。前後分四大段、十小段，統計一千五百四十五言。前以突起，後以兀住，而中間灝灝瀚瀚，如波濤夜涌，忽起忽落；又如雲龍變化，倏隱倏現。後儒徒驚怖其言，莫能尋其肯綮之所在，以致囫圇吞棗，誤讀者多矣。

【黃維章曰】通篇一百七十二問。以"何"字、"胡"字、"焉"字、"幾"字、"誰"字、"孰"字、"安"字爲字法之變。以一句兩問、一句一問、三句一問、四句一問爲句法之變。以或於所已問者複問焉，或於正論、本論中忽然錯綜他語而雜問焉，或於已問之順序者複而逆問焉，以此爲段法之變。

【陳深曰】特創爲百餘問，皆容成、葛天之語，入神出天。此爲開物之聖，後有作者，皆臣妾也。

【金蟠曰】每一問發人多少想路。句則神鏤鬼鑱，味則海錯山珍，奇則星飛電掣，幽則塚函枕笈，藻則寶彝丹鼎，體則鼇負鯨掀，開天地間無數文人膽識。

【屈復曰】事之有無、理之是非、物之變怪，三閭豈真昧昧哉？讒佞高張，忠賢菹醢，天地陰陽何故如斯？千秋萬載之人，所欲同聲一問者也。問帝王之興廢，讀者已心印懷襄；問后妃之貞邪，讀者已印鄭袖；問人臣之賢佞，讀者已印黨人。是《天問》之言，祗在天地山川、商周唐虞，而人自得於瀟湘江漢間也。至末段言不盡意，意不盡詞，又爽然自失矣。

屈辭精義卷之三

江都陳本禮箋訂
男逢衡校讀

招　魂

【發明】《史》稱楚懷入關，客死於秦。頃襄當臥薪嘗膽之秋，忘不共戴天之仇，猶日事高唐之游，雲夢是獵。此屈子憂懼，所以魂離而魄散也。太史公讀《招魂》"悲其志"，雖未明言其所悲之故，然細繹巫陽"四方""上下"之語，其言虎豹之惡厲、狐怪之毒狠，蓋皆譏刺當時楚國世道人心之如狼如虎、如鬼如蜮，不可與之一朝居也。"修門"以下盛言堂室、女色、歌舞、飲食諸樂，乃述頃襄內廷荒淫秘戲之事，國人莫知，惟原實深知之，故總借巫陽以發之。若屈子果魂離魄散，豈人間聲色富貴所能動其心而招之耶？《孟子》："堂高數仞，榱題數尺，食前方丈，侍妾數百人，我得志弗爲也。"又曰："富貴不能淫，貧賤不能移，威武不能屈，此之謂大丈夫。"若巫陽所云"長人千仞,惟魂是索""一夫九首""懸人""投淵",豈非所謂"威武"耶?"高堂邃宇""層臺累榭",豈非"堂高數仞"耶?美人二八、鄭舞齊容,豈非"侍妾數百"耶?食則吳羹,飲則瑤漿,衣則綺縞,被則珠翠,豈非"富貴"之極耶?用此以招屈子之魂,所謂南轅而北轍矣。知此義者,可與讀屈子《招魂》。

【何評】前半極其陰怪,後半極其綺靡,真亦絶世奇文也。後人縱極鋪張,無此種藻麗矣。要不免掇拾其菁華耳,不過逐段鋪排耳,而詞句之工、文彩之富、姿態之妍,已備於此矣。

朕幼清以廉潔兮,首句稱"朕",與《騷經》同,自是屈子所賦,移置他人不得。**身服義而未沫**。主此盛德事君不貳。**兮,牽於俗而蕪穢**。自己認過。**上無所考此盛德兮,長離殃而愁苦**。

【箋】己之魂魄離散,不歸罪於君,却恨自己離殃愁苦。然"上無所考此盛德",已明刺頃襄之失德矣。以下描寫頃襄奢淫諸事,都借巫陽口中傳出,正使言之者無罪,聞之者足以戒。此屈子賦《招》本懷,無如人都誤會此意,且竄入宋玉集中,爲弟子招師之作。豈宋玉素知其師好色,故死後欲借美人之色,投其所好以招之耶?此可以足破千古之疑矣。

帝上帝。**告巫陽**巫之名,男巫爲陽。**曰:"有人謂原**。**在下,我欲輔之。魂魄離散,汝筮予**筮其魂之所在,使返於身。**之。"巫陽對曰:"掌夢**,《周禮》:"太卜掌三夢之法。"**上帝其命難從。若必筮予之,恐後之謝,不能復用巫陽焉**。"

【箋】以上招魂賦序。死而招魂,掌夢者之事。今其人未死而生招焉,當乘其所往未遠。若必待筮而招之,恐身先萎化,後雖遜謝,已無及矣。此所以其命難從也。

乃下招曰：既致詞於帝，遂不筮而下招也。魂兮歸來！去君之恒幹，體。何爲乎四方些？音娑。舍君之樂處，而離彼不祥些！總冒四語。

【箋】按：些，《集韻》音娑，挽歌聲，乃嘆辭也。不當音蘇箇切。沈存中《筆談》謂：夔峽湖湘人，凡禁咒語末云"婆娑訶"，亦三合而爲"些"，則音梭，去聲，誤也。

魂兮歸來，東方不可以托些。長人千仞，八尺曰仞。惟魂是索些。十日代出，流金爍石些。彼皆習之，魂往必釋解散也。些。歸來歸來！不可以托些。

【箋】《大荒經》有神名赤郭，好食鬼。《神異經》：東方有食鬼之父，即長人之類。又《大荒東經》：湯谷有扶木，十日所浴。一日至，一日出，如相代也，其日光所照能銷金爍石。先四方招者，因屈子平昔愛往觀四荒，此恐其魂戀舊游，踪無定所，不得不從四方始也。

魂兮歸來！南方不可以止些。雕題《山海經》："雕題在鬱水南，人以丹青涅其額。"黑齒，《南土志》："黑齒在永昌關南，以漆漆其齒。"得人肉以祀，南方俗多魑魅，常有殺人祭鬼者。以其骨爲醢叶喜。些。蝮蛇錦文反鼻，其毒殺人。《八紘譯史》："近交趾有蛇國。"蓁蓁，封狐千里些。老狐能易形魅人，頃刻可行千里。雄虺九首，往來儵忽，吞人以益其心些。歸來歸來！不可以久淫淹。些。

魂兮歸來，西方之害，流沙千里些。西域度爾格有沙海二千餘里，沙乘大風如浪，行旅遇之常爲所壓。旋入雷淵，即雷翥海飛沙捲人。麋碎。散而不可止些。夲幸。而得脫,其外曠宇無人之土。些。赤螘同蟻,虵蜂。《八紘譯史》:"蟻國在極西,其色赤,大如象,其聚千里。"若象,鄺露《赤雅》:"赤蟻若象,渾身帶大刃,負萬鈞,雜食虎豹蛇虺,遺卵如斗,人取焉,爲醬,是名虵醯。"元蜂土蟓。《五侯鯖》:"大蜂出昆侖,長一丈,其毒殺象。"蓋即此類。若壺叶虎瓠。些。五穀不生,叢菅茅屬,長丈餘。是食些。其土爛人,蝕人肌膚。求水無所得靈夏之間有旱海。些。彷徉無所倚,廣大無所極些。歸來歸來!恐自遺賊些。

魂兮歸來!北方不可以止些。增冰峨峨,《譯史記餘》:北有冰海,凝冰如山。又,持彌國有大凝山,千年不釋。飛雪千里些。歸來歸來!不可以久叶已。些。

魂兮歸來!君無上天些。虎豹九關,天門九重,皆有虎豹守之。啄害下人叶焉。些。一夫九首,拔木九千些。力能拔九千之木而不倦。豺狼從豎也。目,言此九首之夫,從目直視,如豺狼也。往來侁侁疾。些。懸人以娛,嬉。投之深淵些。致命於帝,然後瞑叶眠。言其神異,令人求死不得,必請命於帝,然後乃得瞑目而死也。些。歸來歸來!往恐危身叶軒。些。《山海經》:"昆侖,帝之下都,面有九門,門有開明獸守之,虎身人面九首。"

魂兮歸來!君無下此幽都叶磾。冥界,后土所治。些。土伯九約,土伯,后土之伯。約,尾也。其角觺觺角銳貌。些。敦脄音梅,背也。血拇,足大指,以利爪擢人食,常多血也。逐人駓駓走貌。些。參目虎首,其身若牛叶宜。些。此皆甘人,歸來歸來!恐自遺災叶茲。些。此亦因前有"上征""求索"等語,今四方之招既遍，不得不從事於九關矣。虎豹、土伯，較前"倚閶闔而望"者，更凶惡可畏。

【箋】已上皆形容黨人之詞，如入夜叉鬼國，如繪地獄變相，不必身當其境，令人望而膽落矣。

【何評】《日知錄》曰："或云地獄之說，本於《招魂》。長人土伯則夜叉羅刹之倫也，爛土雷淵則刀山劍樹之地也，雖文人寓言，而意已近之。於是魏晉以下，遂演其說而附之釋氏之書。"

魂兮歸來！入修門叶綿。郢城門。些。工祝具備之工，男巫曰祝。招君，背行却行向魂，先爲引導也。先些。秦篝篝，魂車也。齊縷，綫也。鄭綿絡叶路。挽車之綏。些。招具該備，永嘯呼叶互。些。古人死，以其服升屋招之，號曰："皋！某復。"魂兮歸來！反故居叶具。喻已軀體。些。

【箋】已上敘招魂之具，以備工祝升屋而號呼之也。

天地四方，多賊姦些。像生前形容，寫之絹素，或範金，或削木，或摶土，或剪紙爲之。設君室，靜閒安些。

【箋】"賊姦"二字明斥黨人，"像"暗指已上諸怪異。像設者，言其近在君室，不必遠而鑑諸天四方也。"靜閒安"三字微詞，言此輩日侍君側，惟慆淫是縱，奢侈是崇，聲色狗馬，引君於邪，刻無寧晷，使君欲靜閒而不可得，尚望其安心而治理耶？四語總掣，爲上下關鍵眉目。於黨人則直斥之，於君則微詞以諷之。以下即接敘頃襄內廷奢淫諸事，皆借巫陽口出之，故使人讀之不覺其爲諷刺也。

高堂邃宇，檻層軒些。層臺累榭，臨高山些。網戶朱綴，刻方連些。刻户爲方目，以丹塗之也。冬有突厦，複室。夏室寒些。川谷徑復，流潺湲些。堂外之池。光風轉蕙，氾崇蘭堂下之砌。些。經堂入奧，朱塵承塵。筵竹席。些。宮中秘事，不敢明言，都借招魂吐露。詞雖隱約，意實顯然。此頃襄所以復有南夷之放，及五月五日逼逐投淵之令矣。

【箋】已上堂室之美。

砥室砥玉之室。翠翹，挂曲瓊叶强，簾鉤。些。翡翠珠被，爛齊光些。蒻阿拂壁，蒻，嫩蒲。阿，細繒，爲帬以拂壁也。羅幬禈帳。張些。纂組綺縞，結琦璜些。琦，玉珮。璜，半璧①。結者，以纂組之綬，結琦璜之玉，爲幬帳之飾也。

【箋】《史記·范雎傳》："周有砥砨，宋有結綠，梁有縣藜，楚有和璞。"皆玉之美者。砥室，王逸《注》："内卧之室，或曰僵室，曲房也。"以砥砨之玉爲之。翹者，室之簷牙高啄，碧如翠羽，猶《詩》所謂"如翬斯飛"者。已上言砥室鋪設衾幬之美也。

室中之觀，多珍怪珠玉爲珍，詭異爲怪。些。蘭膏明燭，華容美人。備叶拜。些。二八二列也。侍宿，射遞代些。意有厭射，即使遞更。九侯淑女，九侯之女，言其美也。多迅衆叶衷。些。言給侍便捷而衆多也。盛鬋音剪，鬢也。不同制，鬢各異樣也。實滿宮些。容態好比，順彌代叶地。些。挨次而代。弱顏固植，立不欹側也。謇其有意些。謇，啓口若難，聆聲有味也。姱容修態，絤同亘，竟也。洞房些。蛾眉曼睩，流盼貌。目騰光些。目光精彩。靡顏靡若酡顔。膩理，肌膚細滑。遺視矊些。矊，眇視，

---

① 璧，原作"壁"，當誤。

即"臨去秋波那一轉"也。離榭離宮別館之樹。修幕,侍君之閒些。已上寫當夕美人。言非徒深居洞房,凡有游覽無不隨侍也。

【箋】已上言妃嬪之美,不但傾城,固當傾國。讀《神女賦》"目略微眄,精彩相授",大不及"蛾眉曼睩"數語妖媚動人。

翡帷翠帳,飾高堂些。紅壁沙版,玄玉之梁些。仰觀刻桷,畫龍蛇叶宜。些。坐堂伏檻,臨曲池些。芙蓉始發,雜芰荷些。紫莖屏風,水葵。文緣波些。文異豹飾,外廷侍從之士,衣以豹皮爲飾。侍陂陁些。軒藩車。輬卧車。既低,低而侍駕也。步騎羅些。徒行曰步,乘馬曰騎。羅列待發,見侍衛之衆也。蘭薄户樹,樹,種也。薄,近也。瓊木籬些。玉樹爲籬。魂兮歸來!何遠爲些。

【箋】已上言別館之美,游覽侍從之樂,而以"芙蓉""芰荷"點染者,與前"光風轉蕙"二語相映帶。蓋隱以自痛,所謂"製芰荷以爲衣,集芙蓉以爲裳"者,亦徒結臨池之想,萬不能當君王之一眄矣。故於段末,獨入"魂兮歸來"二語,正爲芰荷寫照。

室家遂宗,食多方些。此言楚宮精庖饌,其宗族效之,皆善於烹調之法也。稻粢穱。稻麥,挈揉。黃粱黍。些。大苦鹹酸,辛甘行叶。些。行,用也,言五味兼備。肥牛之腱,臑爛也。若芳些。和酸若苦,陳吳羹叶岡。些。吳人善作羹。脢煮也。鼈炮羔,羔,羊子。炮,合毛裹而燒之。有柘漿。漿些。鵠酸臇鳧,以醋烹爲羹。臇,腝之少汁者。有菜曰羹,無菜曰臛。煎鴻鶬叶蒼庚。些。露雞露棲之雞。臛蠵,大龜之屬。厲而不爽叶霜。些。厲,清冽也。楚人名羹敗曰爽。粔籹蜜餌，蜜餌，以蜜和粉爲糕。有餦餭些。瑤漿白酒。靈同羃。勺，實羽觴些。酌酒而實爵也。挫糟凍飲，挫，榨也，謂去其糟而冷飲也。酎醇。清涼些。華酌既陳，有瓊漿酒之赤色如瓊者。些。歸反故室，敬而無妨些。言能博取珍羞，廣儲佳釀，投其所好，自然不遭讒忌，都無妨礙也。

【箋】已上極言其飲食之美。

肴羞未通，徹也。漢人避武帝諱，改"通"。女樂羅些。敶鐘按鼓，造新歌些。《涉江》《采菱》，發《揚荷》讀阿。《涉江》《采菱》《揚阿》，皆楚歌名。些。美人既醉，朱顔酡些。娭光眇視，寧不令人肉飛色舞？目曾波些。被文服纖，麗而不奇奇褒怪服也。些。長髮曼鬋，艷陸離些。二八齊容，起鄭舞些。此起舞美人。"二八"見芳容齊妙。衽若交竿，撫按下叶。些。舞衣迴轉，若竿之相交，以手撫按衣襟而上下其勢也。竽瑟狂會，搷音填，急擊也。鳴鼓些。宮廷震驚，發《激楚》些。《激楚》，清淒之曲。吳歈蔡謳，吳、蔡，國名。歈、謳，歌也。奏大呂些。大呂，六呂之一，正音也。參以吳、蔡別調，而歸于大呂，今樂、古樂雜沓並陳也。

【箋】已上極言其歌舞音樂之盛。宮廷震驚，則如雷如霆矣，大非内庭所宜。

【蔣注】"美人既醉"四語，寫醉後美人，爲舞時引興。"被文"四語，寫衣麗髮艷，爲舞時襯色，與前言女色，絕非重複。"麗而不奇"，言五色絢麗也。

士女雜作，亂而不分些。歌舞既畢，恐不盡歡，故復令歌舞之女與群臣雜坐，不分次序，爲簙觩之戲，以爲樂也。放敶組纓，除去冠帶。班其相紛些。班次坐而不整。鄭衞妖玩，來雜陳些。《激楚》之結，獨秀先_叶新。些。歌《激楚》之女，其結束更秀媚而出衆也。箟蔽竹籌。象棋，象牙棋。有六簿些。局戲，六箸十二棋，投六箸，行六棋，故爲六簿。分曹偶。並進，遒相迫些。遒，聚也。相迫，互爭勝也。成梟而牟，博之得采曰梟，倍勝爲牟。呼五白些。棋子六白六黑，梟乃賤采，欲勝梟必呼五白，白乃貴采也。晉制犀比，此以犀角爲物，投而比較之以定其勝負，如今骰子類，非簿棋也。比戲興於晉，故曰晉制。費白日些。鏗鐘搖簴，揳夏。梓瑟些。堂中六簿未散，而堂下又擊鍾戛瑟，以催登堂縱飲也。娛酒不廢，沈日夜_叶務。些。蘭膏明燭，華鐙錯_叶。些。剪衆華以爲鐙。結撰至思，命群臣作賦和詩。蘭芳假_叶固。些。《神女賦》："沐蘭澤，含若芳。"假，藉也。人有所極，思各有巧。同心賦些。不歌而誦謂之賦。酎飲盡歡，樂先故些。如《高唐》《神女》等賦，皆先王舊事。魂兮歸來！反故居_叶據。些。結出"反故居"三字，見魂已歸來，毋庸再招矣。然究是大夢初覺，愁苦依然，以起下文感慨作收。

　　【箋】已上極寫與群臣狎戲沉湎之樂，皆宮中秘事，外廷罕得知者。大夫悉爲傳出，以冀君之一悟，所謂"武皇內傳分明在，莫道人間總不知"也。

　　【眉注】燕飲至同士女雜坐，成何朝局？且更與之六簿呼盧，是君不成君，荒淫極矣。屈子目不忍視，耳不忍聞，特假巫陽略述一二，亦見其具有苦心，一字一淚。同心作賦，固爲雅事，然淫詞艷曲，祇可供士女一時之戲謔耳。

　　亂曰：獻歲發春兮汩吾南征，菉蘋齊葉兮白芷生。仲春時。路貫盧江兮由盧江至雲夢，貫其中而行也。左長薄，大阺，稻水之地。倚沼畦瀛兮沼、瀛皆浦中地。遙望博。青驪結駟兮齊千乘，叶平。結，連也。齊，同也。從騎之多，車徒之盛，皆於"遙望"中顯出。懸火延起兮玄顏烝。火氣烝天，玄容變赤也。步及驟處兮誘騁先，從獵步卒能先於奔馬。抑騖若通兮引車右還。右轉以射獸之左。與王趨夢雲夢。兮課後先，君王親發兮憚青兕。叶延。寫得極熱鬧，極高興，却極悲涼，轉恨便見。

【箋】已上又補敘頃襄復游高唐、獵於雲夢一事。蓋頃襄繼立，不亟思報仇泄恥，乃先事畋獵，使宋玉賦《高唐》、賦《神女》，可見全無心肝之人。君既荒淫如此，其臣下又賊姦如彼，使屈子目擊，能不西風刀剪美人心耶？故借招魂，不惜直情吐露，以冀頃襄讀之而改其行也。

【蔣注】此節追序歲首南行，適遇楚王田於江南，而所見如此，莊辛所謂"馳騁雲夢之中，而不以國家為事"，于此亦可見矣。

朱明承夜兮時不可淹，皋蘭被徑兮斯路漸。沒。湛湛江水兮上有楓，叶孚金反。目極千里兮傷春心。斯路漸則臺館既空，歌舞久歇，舊獵之地已鞠為茂草矣。惟見湛湛之江水與江上之青楓而已耳，傷何如之？魂兮歸來哀江南！叶尼金反。結出感慨，正意作收。

【箋】哀者，哀江南國土將盡為秦有。復言"魂兮歸來"者，蓋設言此時魂即歸來，目極此千里之地，皆楚先王舊封，眼見拱手送之他人。"傷春心"三字，淚盡而繼之以血矣。前皆短句,忽變長調,大有《揚阿》《激楚》之音,淒清動人。

【蔣注】朱明,夏之日也。斯路,指春時遥望之地。言自春徂夏,再經前路,已爲茂草所漸没矣。蓋初春由陵陽至溆浦,今由溆浦出龍陽,至長沙自沉,正《懷沙》"孟夏""徂南"之時,復從夢澤經過,故感懷而發此嘆也。

大　招

【發明】《史》稱懷王三十年爲秦所留,頃襄二年懷王逃歸,被秦遮楚道。間道走趙,不納。走魏,而秦兵迫至。遂同使者入秦。發病,三年,懷王卒於秦,秦歸其喪。此靈車未臨而屈子賦以招之也。其間鼎俎之豐、食饌之精、音樂之盛,皆設而望祭之品,冀靈之來而享之也。至若"朱脣皓齒",盛稱美人之艷,又皆指所設之芻靈言,各有寓意。舊注誤謂原以女色招王。按:懷王生前,內惑於鄭袖,外欺於張儀,兵挫地削,卒死於秦,爲天下笑。此懷王九泉之下所不瞑目者。今三閭慟哭招魂,冀其復生,豈忍以此種喪生尤物極口贊美?非但自已病狂喪心,抑且落於譏訕。況原既不能諫之於生前,而欲娛之於死後,亦可謂愚矣。在他人尚不可,何況屈子乎?此誠二千年未白之旨,特爲揭出,庶昭昭大節與日月争光,不致沉埋於此日也。

青春受謝,受冬之謝,變而爲春。白日昭只。春風奮發,萬物遽叶喬。蟄蟲昭蘇,草木萌動。只。冥凌浹行,冥途空濶,可御風而行也。魂無逃只。魂魄歸來!無遠遥只。

【蔣注】《禮》:"復與書銘,自天子達於士。"則臣之於君,固有招魂之禮矣。故紀其歸葬之時而招之,言魂在冥中,莫有追躡之者,可以馳驟周浹而行也。

【眉注】開首四語,暗寓襄繼立。冀其如白日昭明,奮發有爲，如春風之鼓蕩也，却借懷王説，故言之無迹。

　　魂乎歸徠！無東無西，無南無北叶平。與漢詩"魚戲"韻同。只。總提四語少變《招魂》之體。是時，楚東則齊，西則秦，北則韓魏，東南則吳，皆與楚不睦，故勸其毋往。以下皆形容其人心之險詐也。

　　東有大海，溺水㵧㵧水性善沉，往則必被其溺。只。螭龍並流，上下悠悠只。霧雨淫淫，白皓膠水與天連。只。魂乎無東！湯谷寂寥人迹不到。只。此喻强齊。

　　魂乎無南！南有炎火千里，《玄中記》："炎山在扶南國東。"蝮蛇蜒只。山林險隘，虎豹蜿叶烟。只。鰅鱅狀如犁牛。短狐，蜮也，似鱉，三足，含沙射人。王虺騫蟒也。騫只。魂乎無南！蜮傷躬叶居延反。只。此喻吳多陰謀。

　　魂乎無西！西方流沙，漭洋洋只。陷人不淺。豕首縱目，披髮鬤亂貌。只。長爪踞同鋸。牙，誒笑狂只。魂乎無西，多害傷只。形容秦人獨絶。

　　魂乎無北！北有寒山，逴龍燭龍。䩈只。代水不可涉，深不可測只。天白顥顥，冰雪沍凍之色。寒凝凝只。魂乎無往！盈北極只。此喻魏望而可畏也。《招魂》乃未死生魂，慮其遠颺，故上下遍招。此死後靈魄隨喪在道，故只言四方而略其上下也。

　　魂魄歸徠！閒以靜只。自恣隨意所欲。荆楚，安以定只。逞志究極。欲，心意安叶。只。窮身永樂，年壽延只。魂乎歸徠！樂不可言只。總挈一端，以起下文。

　　【箋】《招魂》云"靜閒安"者，諷頃襄也。此復云"閒靜"者，蓋深痛懷王生前不肯閒靜，惟窮兵黷武，以至於如斯也。今魂若歸來，據有荊楚之地，其財賦足以供王飲食歌舞之樂，其人民足以快王之志而極王之欲。不但報仇雪恥，振興楚國，並可比德三王。此皆三閭素所迫欲望之於懷王者，故不惜盡情吐露，冀懷王之魂速返也。

五穀六仞，穀粟之多。設菰粱只。鼎臑熟。盈望，和致芳只。內納。鵠鴰鳩。鴿鴰鴿，鵠，黃鵠。味豺羹叶岡。只。豺肉為羹。魂乎歸徠！恣所嘗只。

【箋】已上祭品之盛。

鮮蠵大龜。甘雞，和楚酪乳漿。只。醢豚肉醬。苦狗，以豉煮狗。膾苴蒪叶薄，蘘荷。只。吳酸蒿蔞，言吳人工調醶酸，燖蒿蔞以為蘁也。不沾薄只。魂兮歸徠！恣所擇叶托。只。二"恣"字承上。

【箋】葅醢之精。

炙鴰烝鳧。烝鳧，黏鶉駕。歠只。煎鯖鯽。臛烹。雀，遽爽存叶祖陳反。只。《老子》："五味令人口爽。"遽，快也。魂乎歸徠！麗以先叶新。只。麗，饌之美而先陳者。

【箋】庖饌之美。

四酎并孰，同熟。不澀嗌只。酒三重釀為酎，逾年則四重矣，不熟則酸而澀嗌。清馨凍飲，冷酒。不歠役《大雅》："禾役穟穟。"役，列也。此謂不歠而但列注於尊罍也。只。吳醴再宿為醴。白蘗，米麴。和楚瀝清酒。只。魂乎歸徠！不遽惕只。酒為歡伯，可以忘憂。

【箋】醴酒之醇。

代秦鄭衞，鳴竽張只。張之以待鳴。伏戲《駕辯》，楚《勞商》只。伏戲作瑟，造《駕辯》之曲。楚人因之，作《勞商》之曲。謳和《揚同陽。阿》，徒歌曰謳。趙簫倡只。魂乎歸徠！定空桑只。空桑，瑟名。和《揚阿》之歌，當以簫爲倡，凡紘匏鐘磬皆從。簫倡之，故曰"定空桑只"。

【箋】曲奏之雅。

二八接武，二列並舞也。投詩賦只。叩鐘調磬，金曰鐘，石曰磬。娛人亂只。樂之終奏曰亂。四上笛聲。競氣，極聲變只。《笛色譜》："四上尺工六，爲宮商角徵羽。"四上，工與商也。極聲變者，言宮聲由商而争上，至極而變，則四清聲生焉。魂乎歸徠！听歌譔只。

【箋】歌舞之盛，簫管之清，皆設以爲招魂之品，其不言"工祝具備"者，蓋靈輀在道，不勞升屋而號也。

朱唇皓齒，嫭以姱叶枯。只。此美而善修者。比合。德好閒，習以都只。合德則能同心共理，好閒則不興心妒嫉。此賢淑而嫺于禮者。豐肉微骨，調以娛只。此厚重而性情諧和者。已上皆窈窕淑女也。魂乎歸徠！安以舒只。内政得人，不患身之不安而舒矣。

【箋】已上盛言美人之美，皆指所設之芻靈言。一部《離騷》多以美人比喻，此則專以喻己。蓋三閭之娥眉，在懷王時久爲衆女所妒。雖暫疏於外，猶冀賜環復召。不意一入武關，遂成永别。今日魂即歸來，焉能望其復活而用己耶？故借芻靈之美，以喻己之德性姱修，尚可佐王治理。懷王不能信用於生前，頃襄或可寵任于日後。倘機有可乘，國事固有猶可爲也，故不嫌苦心贊美，以爲用世之地也。

嫮目宜笑，娥眉曼只。容則秀雅，穉朱顏只。此指無憂遲暮者。魂乎歸來！靜以安只。

姱修滂浩，麗以佳叶居宜反。只。滂，德能及物。浩，才有可爲。此言其有才德者。曾頰倚耳，曲眉規只。

滂心綽態，姣麗施只。心廣則體胖。此言其胖者。小腰秀同繡。頸，若鮮卑只。小腰秀頸，則形不癡肥。此言其瘦者。魂乎歸來！思怨移只。

【箋】移，轉移也。此言懷王魂魄在望，見今日芻靈，當轉移此日之思，思前度娥眉何以善淫。當轉移今日之怨，怨前度黨人何以蔽美，以致今日之喪歸異地也。

易中坦直。利心，聰慧。以動作只。粉白黛黑，施芳澤只。長袂拂面，善留客只。魂乎歸徠！以娛昔只。

【箋】此直形容芻靈爲活美人矣。芻靈，束草爲人，傅以粉黛，衣以綺繡。"易中"則無嫉妒之私，"利心"則有聰俊之慧，"動作"則粉若自施、黛若自描。"善留客"妙。懷王在秦爲客，魂今歸來，故舉袂拂面以留之，囑其毋輕信人言，再入武關作客也。娛昔者，得幸今日之聚，聊酬疇昔之悲也。

青色直眉，美目緬只。靨輔奇牙，宜笑嫣只。豐肉微骨，體便娟只。魂乎歸徠！恣所便只。

【箋】前已贊其"嫮目宜笑，娥眉曼之"，此復言"青色直眉，美目緬只"者，蓋指總帷外之侍妾美鬟也。恣所便，任其所便而使之也。已上凡爲十二種美人，各具有德性聰慧，非"靡顏""膩理""遺視矉些"之比，讀者切勿認以女色招王，則謬以千里矣。

夏屋廣大，沙堂秀只。南房小壇，音善。不屋平臺。觀樓觀。絶霤簷滴木溝。只。曲屋周閣。步壖，長廊。宜擾畜叶嗅。只。馴養禽獸。

【箋】此明器之屬。夏屋沙堂、南房樓觀，《檀弓》所謂"竹不成用，瓦不成味，木不成斫"，備物而不可用，所以栖魂者。

騰駕步游，未至圃，則乘車。既至圃，則徒行。獵春囿只。瓊轂錯衡，塗車芻駕也。以玉餙轂，以金錯衡。英華羽葆翠蓋。假叶故，設也。只。苴蘭桂樹，鬱彌路只。魂乎歸徠！恣志慮只。

【箋】已上園囿所設之車駕、羽葆、旗旄之屬。

孔雀盈園，畜鸞皇只。鵾鴻群晨，雜鶩鶬只。鴻鵠代游，見珍禽之多。曼鸇鵝只。曼衍而飛者。魂乎歸徠！鳳皇翔只。鳳凰翔舞，兆楚必興。

【箋】已上苴蘭、禽鳥，皆剪彩像生之類。是招魂之物已備，招魂之事已畢。以下則滿擬魂之歸徠，立國施政而比德於三王也。蓋皆寓托之詞。屈子無返魂之術，楚懷魂即歸來，焉能望其立國而施政耶？即屈子借芻靈以喻已，不過自己隱約其詞，豈能明告頃襄以用世之意耶？故仍借懷王魂之歸來，一直説下，以滅其迹。既不嫌見猜於頃襄，又不涉毛遂自薦之故轍，其用意深矣。

曼澤怡面，血氣盛只。永宜厥身，保壽命只。

【箋】前云"窮身永樂，壽命延只"，蓋祝懷王生前之詞。此又言"曼澤怡面，血氣盛"者，乃借懷王以諷頃襄也。

室家盈庭，爵禄盛只。魂乎歸來！居室定只。

【箋】此勸其重根本而定王室也。室家,本枝之公族。根本盛而枝葉茂,群小權奸無容側足其間也。

接徑千里,出若雲只。人民蕃庶,勢若雲蒸。三圭重侯,聽類神只式云反。只。聽察精審。察篤夭不壽。隱,不達。孤寡存恤問。只。魂兮歸徠!正始昆猶先後也。只。

【箋】居室既定,由內及外,以施政治,所謂"始昆"也。三圭,公侯之秩。重侯,臨民之宰。神者,折獄無枉。察篤夭隱,存問孤寡,此又仁政所宜次第而施者。

田邑千畛,人阜昌只。美冒眾流,德澤章只。有美政以覆之,故德澤明。先威後文,善美明只。魂乎歸徠!賞罰當只平。只。民不率教,則先罰以示威,後以文撫之,則賞罰當而勸懲之法備矣。

【箋】已上望其治民。

名聲若日,照四海只。德譽配天,萬民理只。北至幽陵,南交趾只。西薄羊腸,東窮海只。魂乎歸徠!尚賢士只。

【箋】此節承上起下。蓋發政獻行,非國有賢士,焉得名聲若日而聽譽配天耶?此用倒提法也。

發政獻行,禁苛暴只。舉傑壓彈壓百僚。陛,誅譏應譏議者。罷只抱。應罷斥者。只。直贏理直而才有餘者。在位,近禹麾只。禹能指麾用賢。豪傑執政,流澤施只。魂乎歸徠!國家為只。

【箋】已上望其用賢。

雄雄赫赫,天德明只叶。只。三公穆穆,登降堂只。諸侯畢極,立九卿叶乞郎反。只。

　　【蔣注】登降堂者,出入堂陛,以議大政也。諸侯畢極,謂朝諸侯、定官制也。三公、九卿皆天子之制,但曰"九卿"者,"三公"已見上文。

　　昭質赤白之質。既設,大侯虎豹之侯。張只。執弓挾矢,揖辭讓叶如羊反。只。魂乎歸徠！尚三王只。

　　【箋】此則天下化成之效,非三王不足以當此。當時七雄并爭,游説縱橫之士奇謀百出,曾無齒及三王之治者。惟孟氏以仁義鳴,屈子以忠貞顯,止此二子而已矣。

　　【附注】《招魂》之作非暴君過,蓋以宗臣而值夏屋之將丘,寧能隱忍默默而坐視其亡乎？《大招》之作非露才揚己,乃屈子一生經濟未獲展施,寧能與草木同朽以没世乎？故於此二篇痛發其奇,以冀伸之於一朝也。《離騷》諸篇猶是自寫幽怨、流商刻羽而已,至《二招》之文,直是黃鐘大吕,豈庸耳俗目所能窺其閫奥哉！

　　【蔣注】上手延登曰揖,壓手退避曰讓,致語以讓曰辭。天下既平,貫革射息,天子當陽,諸侯朝覲,與群臣從容燕射,此太平之盛治也。篇中所云皆爲左徒時欲措諸行者,不幸中道改路,徒以未了之願,號諸既死之魂,其傷心固有非言所能喻者。嗚呼！能無疾首於讒人也哉？

屈辭精義卷之四

江都陳本禮箋訂
男逢衡校讀

九　章

【發明】屈子之文如《離騷》《九歌》，章法奇特，辭旨幽深，讀者已目迷五色。而《九章》溪徑更幽，非《離騷》《九歌》比。蓋《離騷》《九歌》猶然比興體，《九章》則直賦其事，而淒音苦節，動天地而泣鬼神，豈尋常筆墨能測？朱子淺視《九章》，譏其"直致無潤色"，而不知其由蠶叢鳥道、巉巖絶壁而出，而耳邊但聞聲聲杜宇啼血於空山夜月間也。

惜 誦

惜誦諫諍之詞。《詩》："家父作誦，以究王訩。"以致愍兮，發憤以抒情。抒致愍之情。所所誦之辭。非忠而言之兮，指蒼天以爲正。叶。

【箋】正者，證也，證其言之是非也。下二語即指所誦之詞。前誦之於君而致愍，故今又誦之於天，以求其證也。

令五帝太皥、神農、黃帝、少皥、顓頊。以折中折其是非之中。兮，戒六神五帝之臣，重、黎、句龍、該、修、熙也。與嚮服。質對其事之實。俾山川以備御兮，備其侍御，以待刺宥也。命咎繇使聽直。

【箋】古來斷獄，惟咎繇惟明克允，故欲就咎繇而求其聽斷也。

竭忠誠以事君兮，反離群而贅疣。叶夷。忘儇媚以背衆兮，待明君其知之。

【箋】此五帝折中之語，惜其離群失位，如贅肉之無用也。此篇在《九章》中另一格，乃問答體。舊解不分，概作原語，不但"待明君"句涉於謗訕，即下章言行情貌，亦若自炫，此班固誤讀，所以有"露才揚己"之譏也。

言與行其可迹兮，情與貌其不變。故相臣莫若君兮，所以證之不遠。

【箋】此亦五帝語。上章諷楚懷之不明，此諷其不察。有臣如原，不能迹其言行、證其情貌而相之也。

吾誼先君而後身兮，羌衆人之所仇也。專惟君而無他兮，又衆兆之所讎也。

【箋】此原聞五帝離群之語，推原其所以離之之故而復訴也。

壹心而不豫不猶豫也。兮，羌不可保也。疾親君而無他兮，有招禍之道也。

【箋】此又五帝訓誡之詞。言人臣事君，進思密勿，退欲和衷。若以爾之執一不和於衆，雖親君無他，然怙直不回，君亦不喜。不但不能保位，且必招禍。大有"爾其戒之""欽哉毋忽"之意。

思君其莫我忠兮，忽忘身之賤貧。忘其失位。事君而不貳兮，被疏猶諫。迷不知寵之門。叶民。以下皆原語。

【箋】此原聆五帝招禍之語，撫躬自思，於事君之道，莫我忠已，何以莫能免於禍耶？是蓋自忘其身之貧賤，迷其所向，而不知有苞苴貨賄、善爲邀寵之地也。

忠跟上"莫我忠"來。何辜以遇罰兮，亦非予之所志叶之。也。非意料所及。行不群以巓越兮，獨行取禍。又衆兆之所咍笑其愚。也。

【箋】此又追溯前此之"遇罰""顚越"，種種不合皆由迷於寵門所致。今雖翻然改悟，竊恐前怨已深，衆讎莫解，雖欲挽回已不及矣。

紛逢尤以離謗兮，重重遇罰。謇不可釋也。有口難辯。情沈抑而不達兮,又蔽而莫之白叶弼。也。加倍朦蔽,更難自白。

心鬱邑余侘傺兮,又莫察予之中情。叶愫。固煩言不可結而詒兮,欲上書自陳,又恐言煩詞冗,有涉於瀆。願陳志而無路。進言時既邀寵無門,失意時豈復有路耶? 退靜默而莫予知兮,進號呼又莫予聞。連用四"又"字,正見進退維谷之意。申侘傺之煩惑兮,中悶瞀音茂。之忳忳。

【箋】已上皆承"思"字貫下。歷思忠之招禍、不可保如此,適如五帝之言,使我至今中心如醉,益悶瞀而難已也,以起下文入夢之因。文分上下兩截,上截寫五帝折中語,下截寫厲神占問詞,遙遙對列。

昔疇昔。余夢登天兮,"天"字頂章首"蒼天"來。魂中道而無杭。吾使厲神《祭法》有泰厲、公厲、族厲。占之兮,曰有志極而無旁。厲神占辭。

【箋】悶瞀之極,結想成夢。登天者,志在竭忠事王,故有疇昔登天之夢。特卜之于厲神者,蓋天與五帝前已誦言之矣,然忠何辜以遇罰,究未得明其故,故卜及厲神,冀其直言而無隱也。志極無旁者,憐其志極高而旁無輔也。

終危獨以離異兮,此原疑而復問也。

曰:以下厲神再答之詞。君可思而不可恃。故眾口其鑠金兮,初若是而逢殆。初以君爲可恃,即逢上官大夫爭寵。被讒見疏,是初次已逢一殆。

懲熱羹而吹虀齏。兮,何不變此志也? 前車之懲則當即改,何以頓忘吹齏之戒乎? 欲釋階而登天兮,即以登天之説折之。猶有囊之態叶替。也。譏其猶然恃君之故態也。厲神之言止此。前五帝誡其保位避禍,此番厲神又勸其懲羹吹齏,無如皆與屈子不合。甘於"折臂成醫",終之以"曾思遠身",而此志不改也。

衆駭遽以離心兮,又何以爲此伴侶。也?同極而異路兮,又何以爲此援叶于願反。也。以下皆原語。

【箋】此原聞厲神變志之言,而自爲揣度之詞。言衆既與我離心異路矣,又何以能爲我之伴援耶?此時我雖變志無益,又何況不能變耶?兩"此"字指己言。

晉申生之孝子兮,父信讒而不好。叶。謂不得其好名死也。行婞直而不豫兮,鮌功用而不就。叶皂。不能贖放殛之罪。

【箋】此又甚言其變志之無益。以申生之純孝而乃自經於新城之廟,以伯鮌之功而乃被殛於羽山之淵,豈古來父子君臣間,皆因不能變其志而然耶?

【補注】申生之孝,未免陷父於不義。鮌績用弗成,殛於羽山。屈子舉以自比者,申生之用心善矣,而不見知於君父,其事有相似者。鮌以悻直亡身,知剛而不知義,亦屈子之所戒也。

吾聞作忠以造怨兮,古人成語。忽謂之過言。九折臂而成醫兮,此亦成語。吾至今乃知其信然。

【箋】吾聞作忠造怨,每每忽而不察,以爲過言。自信忠能格天,必不遇罰,何能造怨?不意今日親身離殃,乃知其爲誠然也。

【辭鐙】玩"懲羹、吹齏"及"折臂、成醫"等語,其爲前番既疏猶諫,失左徒之位,此番又諫無疑。

矰弋機而在上兮,罻羅張而在下,叶。設張辟以娛君兮,願側身而無所。

【箋】此因厲神有"逢殆"之語,故復言今日世情更有不能免於殆者。矰弋喻朝廷苛政,罻羅喻臣下竣法。張辟者,於五刑外又設密網羅織,如誹謗者族之類,以爲娛君之術,使人避禍①而無所也。

欲儃佪以干傺兮,恐重患而離尤。叶。欲高飛而遠集兮,君罔謂汝何之。

【箋】罔,誣也。欲加其罪,何況無辭?況有隙可乘乎?"汝何之"三字,問得冷而促。

【彙訂】承上"側身無所"而言,欲儃佪楚地,既恐禍之疊加,欲遠適異鄉,能無怒而相詰?

欲橫奔而失路喻違道妄行。兮,蓋堅志而不忍。背膺牉以交痛兮,通上三者,皆不可爲,故膺背交痛也。心鬱結而紆軫。

擥木蘭以矯蕙兮,繫申椒以爲糧。播江離與滋菊兮,願春日以爲糗芳。

【箋】於無可奈何中,設出遠身一法,以暫避其鋒。是殆懲羹吹齏,姑從厲神之說也。

恐情質遠身情質。之不信兮,故重著重著其網羅之酷虐也。以自明。擥茲媚即上衆芳。以私處兮,願曾思而遠身。叶商。

【箋】遠身,避矰弋之加、罻羅之辟也。死,非屈子所懼。桎梏而死,非正命也,故遠之。

---

① 禍,原本作"禍"。

抽　思

【蔣注】此篇蓋原於懷王時斥居漢北所作也。原於懷王，受知有素，其來漢北，或亦謫宦於斯，非頃襄棄逐江南比。故前欲陳辭以遺美人，終以無媒而憂誰告。蓋君恩未遠，猶有拳拳自媚之意，而於所陳耿著之詞，不憚亹亹述之，則猶幸其念舊而一悟也。

心鬱鬱之憂思兮，獨①永嘆乎增傷。思蹇產之不釋兮，曼遭夜之方長。秋夜不寐，更苦漏長。

悲秋風之動容薄寒中人。兮，何回極斗柄西指。之浮浮。不靖之象。以星光之閃爍，興君爲臣下所播弄也。數惟蓀之多怒兮，傷予心之懮懮。占之天意則如彼，觀之人事則如此，多怒則于心更傷矣。

願遙起而橫奔兮，欲不俟命回郢。覽民尤以自鎮。叶珍。知危自止。結微情以陳詞欲上書自明。兮，矯以遺夫美人。指君。

【蔣注】君方多怒，故民動而見尤。原身繫漢北，心不忘君，欲違命至郢以陳其志。又見民之罹罪者多，而知危自止，但結情於辭，舉以告君，則此篇之所爲作也。

---

① 獨，原本作"歇"。

昔君與我成言兮，曰黃昏以爲期。羌中道而回畔兮，反既有此他志。叶。黃昏爲期，注見《離騷》。

【蔣注】以下皆追序立朝時蒙讒被放之事也。

憍矜。吾以其美好兮，覽余以其修姱。叶戶。與予言而不信兮，蓋爲予而造怒。

【蔣注】不信，不以誠告也。造，作也。始見君之怒，不測，及觀其待已，常矜能以相炫，飾僞以相欺，與成言之意相背，乃知其銜怒在己也。《史記》：「懷王使屈平造憲令，上官大夫心害其能，因讒之曰：'平以爲非我莫能爲也。'王怒而疏屈平。」蓋懷王矜名好勝，故讒人得以深中其忌，其於原口不言而忿日深，其所以矜示者，亦因疑原之自伐而與之相競耳。

願承間而自察願君自察其非。兮，心震悼而不敢。悲夷猶而冀進兮，心怛傷之憺憺。叶膽，恐懼貌。寫盡憂讒畏譏神理。

茲歷溼。情以陳辭兮，蓀佯聾而不聞。固切人之不媚切直之言，人皆不喜。兮，衆果以我爲患。叶胡門反。

【蔣注】言欲及君之暇以自明，而始則心懼而不敢言，繼則欲言而心益懼。及其言也，君方置若罔聞，而衆已慮其傷己。此其所以斥之於漢北也。

初吾所陳之耿著兮，昔日所陳。豈至今其庸亡。同忘。何獨樂斯之謇謇今日所陳。兮，願蓀美之可完。叶胡光反，願君之美德完粹也。

望三皇。五帝。以爲像模範。兮，指彭咸以爲儀。式法。夫何極而不至兮，故遠聞而難虧。

【蔣注】望君以三五爲模，自矢以彭咸爲法。君能希聖，臣能竭忠,以相砥於其極也。

善不由外來兮,名不可以虛作。孰無施而有報兮,孰不實而有穫?

【彙訂】承上而申明之。"不由外來",德行所以難虧;"不可虛作",聲聞所以遠播。報者,報其施,是不可虛作也。穫者,穫其實,是不由外來也。

少歌樂之間歌。曰:與美人抽思兮,并日夜而無正。《説文》:"正,守一不止。"無正者,無止也。憍吾以其美好兮,敖朕辭而不聽。

【箋】少歌,小歌也。點出"抽思",以結首章"鬱鬱憂思"之意,見心中時繹其思而不能釋也。

倡曰:有鳥原自喻。自南兮,來集漢北。今鄖、襄地。好姱佳麗兮,牉獨處此異域。既惸獨而不群兮,又無良媒在其側。道卓遠而日忘兮,願自申而不得。望北山北姑之山。而流涕兮,臨流水漢江之水。而太息。

【箋】倡者,更端再歌之詞,以暢發其未盡之意也。

望孟夏之短夜兮,章首言"秋風",此云"孟夏",蓋追序之詞。何晦明之若歲?秋夜方長。惟郢路之遼遠兮,魂一夕而九逝。言一閉眼便到郢都。

曾不知路之曲直兮,南指月與列星。言郢都分明在望,只在月星之下耳。願徑逝而未得兮,一夕九逝,實未嘗至,故曰"願徑逝而不得"也。魂識路之營營。沈約曰:"夢中不識路,何以慰相思。"此怪魂之頻於往來也。

何靈魂之信直兮，人之心不與吾心同。理弱而媒不通兮，尚不知余之從容。殺身成仁易，從容中道難。自明不變其所守也。

【箋】已上補出被放漢北，明抽思之故，以變少歌之節爲"倡曰"之辭。

【聽直】藉夢中之月星，以導夢中之路程。月星既皆是幻，山河亦並非真，空有識路之營營而已。如斯而以爲識路，魂亦過於自信其直矣。

【蔣注】此若呼而怪之之詞，曰何靈魂之信情直行而迫欲歸郢也？當此人我異心、良媒中絕，正使得歸，當復何用？余從容聽之久矣，魂尚未之知耶？蓋嬉笑之言，甚於痛哭矣。

亂曰：長瀨湍流，泝江潭叶尋。兮。狂顧南行，聊以娛心兮。不得還郢，聊爲自解之辭。

【蔣注】漢水南通江夏，涉漢泝江則達郢矣。然君不反己，則今之南行豈真至郢哉？姑以快其南歸之思耳。

軫石江心磯石。崴嵬，猶嵯峨。蹇吾願叶映。兮。超回志度，行隱進兮。

【箋】蹇吾願者，江險難行也，於是捨舟從陸。超回者，繞道入山，又苦山路迂僻，不識徑道，以意度之。"隱進"則更路迷而不得進也。總以見其欲歸不得志之意。

低佪夷猶，宿北姑兮。

【箋】至此欲進不得，姑就北姑而宿，應上所謂"望北山而流涕"也。

煩冤瞀容，實沛徂兮。

【箋】正欲快意南行，不料爲水陸所阻，使我不得沛然如漢水之南流也。

愁嘆苦神，靈遥思兮。

【箋】旅夜無眠，又將入夢。"靈"字即指夢中之魂言，與上文兩"魂"字相應。

路遠處幽，又無行媒兮。三言"媒"字，不無注意於作合之人。道思作頌，《抽思》也。聊以自救解。兮。憂心不遂，斯言誰告叶。兮！

【箋】"少歌"之詞，略言之也。"倡曰"之詞，放言之也。"亂曰"之詞，聊以言之也。此在《九章》中爲另一體，迨三疊之意，皆形容"抽"字義也。

思美人

【蔣注】承前《抽思》立説。然《抽思》始欲"陳詞美人"，終曰"斯言誰告"。此篇始言抒情莫達，終欲以死諫君。然湘淵之沈，乃在頃襄十數年後，蓋爲彭咸非徒以其死，以其諫耳。誓死以諫君，諫而用則可以無死；不用而尚可諫，猶弗死也。至於萬不可諫，而后以死爲諫，此造思不忘之旨。

思美人兮，擥拭。涕而竚眙。注目而望。媒絶路阻兮，言不可結而詒。

【箋】此因漢北有放回之命，而先言"媒絶路阻"者，懼到郢無薦達之人，故先欲結言以詒美人也。

蹇蹇之煩冤兮，陷滯而不發。既陷於罪，又滯於罰，故冤不能明。申旦以舒中情兮，志沈菀而莫達。

【聽直】冤悲日煩，今朝明旦，日日皆然。欲舒以發之，而陷者更益之沈也，煩者更益之菀也。

願寄言於浮雲兮，遇豐隆而不將。不爲將命也。因歸鳥而致辭兮，羌迅高而難當。歸鴻冥冥，飛而難值，承上"媒絶路阻"來。

【洗髓】浮雲喻楚之游宦漢北者，畏令尹子蘭之威而不敢。歸鳥喻貴倖有事歸朝廷者，皆急行而不顧。

高辛之靈晟兮，遭玄鳥而致詒。叶去。欲變節以從俗兮，愧易初而屈志。

【評注】因上歸鳥難當而上感高辛之事，仍從"媒"字遞下，言求意外遇合，必須變節而從俗也。

【聽直】玄鳥生商，精神足以感格。不能追古則當從俗，而又重自愧也。使易志而可為，猶且志屈堪羞，況變易之不可為乎？

獨歷年而離愍兮，羌馮心猶未化。叶。寧隱閔而壽考猶終身也。兮，何變易之可為？緊承上"變節"言。

【聽直】離愍、馮心，吾願也。隱愍壽考，吾寧也。不發者，不復望其發。不達者，不復冀其達也。馮心未化者，前年之悶尚不得消，遞年之悶又已積也。

知前轍之不遂兮，未改此度。車既覆而馬顛兮，蹇獨懷此異路。與俗殊異之路。

【蔣注】"知前轍"句十一字一氣讀，蓋以"未改此度"明前轍所以不遂也。故後"狐疑"語與此遙應。曰今欲廣遂前畫，則我尚未改此度也。前固以此不遂矣，豈獨能遂如今乎？呼應極靈。

勒騏驥而更駕兮，造父為我操之。遷延。逡循。次趄趄也。而勿驅兮，聊假日以須時。

【箋】此時媒絕路阻，言又難結而詒，故欲另選美驥，更延良御，以求追踪靈晟，冀與美人必合。且囑其緩轡勿迫者，恐覿面失之，皆為"思"字描寫。

指嶓冢出嶓冢發軔。之西隈兮，與纁黃以為期。即"黃昏以為期"之意。

【箋】已上皆束裝未發，而設言其如此也。

開春發歲兮，白日出之悠悠。吾將蕩志而愉樂兮，遵江夏以娛憂。

【箋】江夏在漢北之南，去郢爲近，"娛憂"則隨地遣懷耳。

擥大薄林薄。之芳茝兮，搴長洲之宿莽。叶。此未與美人期會，先爲自獻之計。惜吾不及古人謂生不幷世。兮，吾誰與玩此芳草？叶七古反。

【箋】古人指高辛。此悼己之靈晟不及古人，雖有孤芳，秖堪自賞，恨無美人之與玩也。

解萹薄囊荷也，舊訛薄。與雜菜皆不芳之草。兮，備以爲交佩。佩此又佩，故曰交佩。佩繽紛以繚轉兮，遂萎絶而離異。見不可變節從俗之故。

【箋】"萹薄"四語承"誰與玩此芳草"言。萹菜皆不芳之品，而世人偏愛之，且交相佩之以爲美，不知適佩之而遽已萎絶離異矣。比下"南人變態"言。

吾且僤佪徘徊。以娛憂兮，觀南人之變態。叶。如蘭之委美從俗、椒之專佞慢慆是也。

【箋】僤佪、娛憂，不欲遽進而自爲忖度之詞。觀南人變態，嫌其變節從俗，亦如萹菜之不耐久也。

竊快在其中心兮，揚厥馮而不俟。此爲茝莽快也。馨香滿蘊於中，不俟他求而自然發揚於外矣。芳與澤芳非澤則易枯。其雜糅兮，羌芳華自中出。叶尺遂反。

紛郁郁其遠烝兮，滿內而外揚。情與質信可保兮，羌居蔽而聞章。

　　【箋】情與質,指所玩之芳言。信可保者,不致萎絶而離異矣。滿内則聞不擇地,外揚則烝不限遠。此固有自信其美矣,竊恐不能邀美人之盻賞,依然抱"媒絶路阻"之憾也。

　　令薛荔以爲理兮,憚舉趾而緣木。因芙蓉以爲媒兮,憚褰裳而濡足。

　　【箋】薛荔喻貴戚,芙蓉喻權倖。自信内美既足,終耻枉道以干人也。

　　登高承"緣木"。吾不説悦。兮,入下承"濡足"。吾不能。叶泥。固朕形之不服兮,疏敖之性,又不慣營緣。然容與而狐疑。欲進不能,退又不可,所以持兩端而不决也。

　　廣遂前畫前轍。此承上而轉計之詞。兮,未改此度也。命則處幽吾將罷兮,歸咎於命,自嘆不能有所爲也。願及緊承"將罷",翻進一層。白日之未暮也。自顧時尚可爲,欲以死諫也。獨煢煢而南行指"遵江夏"言。兮,思彭咸之故也。以"思"字起,以"思"字結。

　　【蔣注】"容與狐疑"以下,盡翻前案,跌出彭咸,章法絶奇。二"也"字作狐疑口吻,其中又有賓主在。

涉 江

【箋】三閭無辜被放南夷,可謂冤之極矣。在他人,開首必先發出許多牢騷鬱邑不平語,此偏寫得奇奇怪怪,令人莫測其立言之妙。蓋由其才之高、識之大、志行之潔,故出筆都無烟火氣。

【蔣注】《涉江》《哀郢》皆頃襄時放於江南所作。然《哀郢》發郢而至陵陽,皆自西徂東。《涉江》從鄂渚入溆浦,乃自東北往西南,當在既放陵陽之後。舊解合之,誤矣。

余幼好此奇服兮,奇服,先王之法服,喻志行之不群也。年既老而不衰。帶長鋏之陸離兮,冠切雲之崔嵬。一起便見不凡。

被明月兮夜光珠。佩寶璐,世溷濁莫余知兮,此專指楚言。吾方高馳而不顧。志則高矣、美矣,其受病亦正坐此。駕青虯兮驂白螭,吾與重華游兮瑶之圃。叶鋪。

【箋】與重華游,則胸中只有唐、虞,何論夏、商以後。

登昆侖兮食玉英,叶喻所處之高,所養之正。吾與天地兮同壽,與日月兮齊光。

【箋】此直欲希踪到聖人地位,可以參天地、贊化育矣。原胸襟抱負之大,彼楚人近在國中,尚不能知,何況遠夷,又烏足以知之耶?痛年老投荒,不知何日得返首丘,故於臨行時不惜盡情吐訴一番,爲下文"哀南夷"句作勢。

哀南夷指辰陽苗夷。之莫吾知兮,此臨行夜中忖度語也。已伏下,具有行將往告之意矣。旦予濟乎江湘。一"旦"字見被罪出於意外,頃刻便行,不能稍容竚足矣。

【蔣注】濟江湘者,原自陵陽至辰、漵,必濟大江而歷洞庭也。按:湘水爲洞庭正流,濟洞庭即濟湘也。鄂渚,今武昌府,濟江而西,道經武昌,其自陵陽可知。

乘鄂渚而反顧兮,君門萬里,不堪回首。欸音哀。秋冬之緒風。緒,餘也。征途適屆秋冬之交。步予馬兮山皋,邸予車兮方林。一幅秋山行旅圖。

乘舲船余上沅兮,齊吳榜以擊汰。船容與而不進兮,隱然有故都之戀。淹回水而凝滯。

【箋】此又一幅清江泛棹圖也。一葉孤帆,沙汀夜泊,淹回難進,能不令遷客魂銷於江上耶?

朝發枉陼兮,夕宿辰陽。此已入苗境。苟余心其端直兮,雖僻遠其何傷?自解之辭。

入漵浦余儃佪兮,迷不知吾所如。深林杳以冥冥兮,乃猨狖之所居。

【箋】《長洲志》:"漵浦在長洲萬山中。雲雨之氣皆山嵐烟瘴所結,非人所居。"此時原已至漵浦,尚未定安置之處,故云"不知所如"。

山峻高以蔽日兮,下幽晦以多雨。霰雪紛其無垠兮,雲霏霏而承宇。此正被放之所。

【辭鐙】前高馳者,今愈馳愈卑矣。前不顧者,今不得不屢顧矣。前與重華游者，今與猨狖侶矣。前與天地同壽、日月同光者，今入山林雨雪中，并不知有天地日月矣。字字與前互映。

哀吾生之無樂兮，前哀南夷，至此不能不自哀矣。幽獨處乎山中。吾不能變心以從俗兮，固將愁苦而終窮。

【箋】此獨坐空山自怨自艾之辭。蓋亦自悔其立志太高，絕人太甚，暗中遭人妒忌，以致今日有南夷之放也。此時即悔亦無益，何況不能悔乎？故曰"固將愁苦而終窮"。

接輿髡首兮，桑扈臝行。二子一被髮佯狂，一不衣冠而處，此所謂"賢不必以"也。忠不必用兮，下指伍子、比干。賢不必以。伍子逢殃兮，比干菹醢。

【箋】末引四子，正見天道不可必，人事不可量。回想從前許多抱負，將欲致君堯舜，與日月爭光者，今皆付之於"愁苦終窮"而已矣，豈非一夢？

與前世而皆然兮，吾又何怨乎今之人。余將董道而不豫兮，固將重昏而終身。謂既蔽於懷王之世，又錮於頃襄之朝。

【箋】如置身在溆浦山中，聽哀猨夜叫也。

【蔣注】董道不豫，猶之高駝而不顧也。重昏終身，則與天地日月似不能比壽齊光矣。然所負如彼，所遇如此，此亦忠臣志士所莫可如何者矣。以感慨作收。

亂曰：鸞鳥鳳皇，日以遠兮。燕雀烏鵲，巢堂壇兮。露申露申，萊也。《蔣注》："瑞香，一名露甲。"申，或"甲"字之訛。辛夷，死林薄兮。腥臊並御，芳不得薄兮。陰陽易位，後宮女子執政。時不當兮。懷信侘傺，忽乎吾將行兮。遙應篇首"旦予濟乎江湘"句。

【箋】此"亂曰"非結通章之文。蓋慮南夷莫我知,且不知我去位之故,故設爲此詞以告之耳。按:南夷去郢都遠,燕雀巢堂,陰陽易位,彼邊氓烏得以知之?此正屈子所急欲自白者,故不憚亹亹叙述。"忽乎"二字,有連自己亦不知所以被放之故意在。昭明取此入《選》,獨删去"亂曰"一段,使屈子之文有首無尾,是不知此乃專爲"哀南夷莫吾知"句而設也。

【蔣注】《惜往日》云:"願陳情以白行兮,得罪過之不意。"或者九年不復之後,復以陳詞攖怒而再謫辰陽,故其詞彌激歟?篇中曰"將濟",曰"將行",又曰"將愁苦而終窮""將重昏而終身",蓋未行時所作也。

哀郢

【辭鐙】屈子被放九年，料不能復歸郢都，故有是作。不曰"思郢"而曰"哀郢"者，頃襄初立，子蘭爲令尹，上官大夫等獻媚固寵，妒賢害國，較之懷王之世尤甚。當初放時已見百姓震遷離散，不知此九年中更作何狀，恐天不純命，實有可哀者。若夫己之思返不得返，猶在第二義也。

皇天之不純命兮，何百姓之震愆。不純命，即"天命靡常"之意。震愆，動輒得罪也。不便言君，故歸之於天。民離散而相失兮，方仲春紀時。而東遷。秦兵西來，故民急東遷。

去故鄉而就遠兮，遵江夏以流亡。痛己亦隨流民之亡於道路。出國門而軫懷兮，甲之鼂紀日。吾以行。叶。

發郢都而去閭兮，怊荒忽其焉極。楫齊揚同以齊。容與兮，循夏水東行。哀見君而不再得。

望長楸故園喬木。而太息兮，涕淫淫其若霰。過夏首而西浮兮，舟路曲，有西向者。顧龍門而不見。楚都南關二門，一名龍門，一名修門。

心嬋媛而傷懷兮，眇不知其所蹠。踐。順風波而流從兮，焉洋洋而爲客。李賀曰："'洋洋爲客'一語，倍覺黯然。"

凌陽侯之氾濫兮，伏羲臣，凌陽國侯，波神也。忽翱翔之焉薄。順風而行,若鳥之飛。心絓結而不解兮,思蹇產同巉嵯,山屈曲貌。而不釋。叶灼。

將運舟而下浮兮,上洞庭而下江。叶。去終古之所居兮,今逍遙而來東。

【蔣注】洞庭入江之口,今岳州巴陵縣。上下謂左右,東向西向俱以南方為上。今自荊達岳,東向而行,洞庭在其南,故以洞庭為上而江為下也。

羌靈魂之欲歸兮,何須臾而忘返。背夏浦而西思兮,哀點"哀"字。故都之日遠。

【蔣注】夏水東逕沔陽入漢,兼流至武昌而會於江,謂之夏口。背夏浦,則過夏口而東逾鄂渚,至興國,道潯陽,則大墳約略可睹。

登大墳大墳在陵陽境。水中高者曰墳。以遠望兮,聊以舒吾憂心。《林注》:"'舒'字根上'不解''不釋'來,謂曠觀可以散懷,且舒途次之憂,而不知適以增哀與悲也。"哀州土指陵陽言。之平樂兮,先王之善政猶存。悲江介之遺風。叶孚今反。故家之遺風如故。哀、悲者,謂祖宗舊封,其子孫將不能守也。

當陵陽之焉至兮,此追述未至時。淼南渡之焉如。陵陽在池州青陽縣,渡江而南,淼然無際者,廬江也。古陵陽境距大江百里,而遙南渡者,謂出江至陵陽也。曾不知夏之為丘兮,孰兩東門之可蕪。焦竑曰:"'六朝如夢鳥空啼',不如此二語慘絕。"

【箋】此在陵陽,追念昔日郢都慌亂,曾慮及陵陽邊氓,不知作何等顛沛也。及登大墳,淼淼南望,乃不料其遺風如故,烽火無驚，曾若不知有郢都之荒亂者。今事歷九年，又豈知郢都陵谷之變遷，夏水化而爲丘，東門全然榛莽耶？蓋楚恃方城、漢水之險，不料爲秦兵填塞夏首，使漢水不得通流，險失所據，以致兩東門車馬喧闐之地、人烟湊集之所，一旦皆蕩而爲榛莽矣。此銅駝荆棘之悲，故數百年後，魂猶行吟此二語於江上也。

【外傳】晉咸安中，有吳人顏珏者，泊汨羅，夜深月明，聞有人行吟曰："曾不知夏之爲丘兮，孰兩東門之可蕪？"珏異之，前曰："汝三閭大夫耶？"忽不見其所之。

心不怡之長久兮，憂與愁其相接。惟郢路之遼遠兮，江與夏之不可涉。

【王遠曰】此言哀思日以深，故國日以遠，淒然有"國破山河在"之感。《詩》云："百爾所思，不如我所之。"與此一副神理。

忽若去不信兮，至今九年而不復。慘鬱鬱而不開兮，蹇侘傺而含慼。叶促。

【王遠曰】言我忽然去國已是異事，不信至今九年猶不復也。從九年後追憶前九年中，惟以悲慘過日，忽不覺如此其久也。

【補注】原初被放在懷王十六年，至十八年復招用之，有使齊之行。三十年有會武關之諫。頃襄王立，復放原。九年不復固當在頃襄世也。

外承歡之汋約兮，諶誠。荏弱而難持。小人外飾媚態以承君歡，内若荏弱難持，使人視以爲柔軟，而不知笑中有刀，活畫出小人情狀。忠湛湛而願進兮，妒被离。離而鄣之。

【箋】此追溯從前在郢都時，被小人嫉妒之害，與非罪棄逐之冤也。

彼堯舜之抗行兮，瞭杳杳而薄天。叶汀。眾讒人之嫉妒兮，被以不慈之偽名。

【箋】極言其巧言如簧，雖以堯舜之高明薄天，猶謂其不傳子而傳賢，被以不慈偽名，況其下者乎？

憎慍愉忠悃貌。之修美兮，好夫人之忼慨。眾踥蹀而日進兮，美超遠而逾邁。

【聽直】小人安有忼慨意氣？當其得君時，佞口而談論天下事，無非一忼慨之情狀。而在君子則必沈吟籌度，輕若不吐諸口。遂反以君子爲嫵媚可憎，小人爲爽直可喜。於是小人日益進，君子日益遠矣。

亂曰：曼引。余目以流觀兮，冀壹反之何時？鳥飛返故鄉兮，思舊巢也。狐死必首丘。叶欺。信非吾罪而棄逐兮，何日夜而忘之。結出"哀"字正意。

悲回風

【發明】《九章》難讀，而《悲回風》尤難讀。朱子猶嫌其顛到重複，蓋未悉此文乃傷懷王入秦不返，欲以身殉而自明其志也。且首自"悲回風"起，至"詩之所明"，乃其賦序，舊詁亦未截斷。自"寤從容"以下，皆托言夢境。"登石巒"以下，心不忘郢，仍屬魂游。自"傾寤"以下，盡言死後魂在波中漂蕩之苦。至若"悲霜雪之俱下，聽潮聲之相擊"，則又慘不可讀矣。末則不悲自己，反悲申徒之任石，恐己空死無益，亦猶申徒之抗迹也。篇中三引彭咸，各有取義，故不嫌其複也。按：《史》稱懷王三十年，秦復伐楚，取八城，遺書與楚，會武關結盟。昭睢諫無往，王稚子子蘭勸王行。秦詐令一將軍號為秦王，伏兵武關，俟懷王至，閉之。遂與西至咸陽，朝章臺如藩臣，不與亢禮，要其割巫、黔中郡。懷王怒不許，因留秦。時太子橫質於齊未歸，人心惶惶。屈子以疏放之臣，當此敗亡之際，為人臣子者雖極疏遠，能寂無一言以弔其君乎？歷來注家從未發明此義，故附會百出，不得不掃除群言，另標新義。

悲一篇之眼。回風秋氣回邪賊人，故曰"回風"。秦正在西，於時為秋，喻秦詐楚。之搖蕙兮，以蕙喻懷，猶稱荃蓀也。心冤結而内傷。物有微而隕性兮①，國破君亡，苟有人心，能不同聲一哭？聲

---

① "兮"字原脱，據端平本《楚辭集注》補。

有隱而先倡。

【箋】武關之入，昭睢諫不聽，是時楚必有先知秦之謀者，人言嘖嘖，無如楚懷不聞何。

夫何彭咸之造思兮，此以彭咸喻己。造思者，作《悲回風》也。暨志介而不忘。欲使人讀其文而悲其志也。萬變其情豈可蓋掩。兮，孰虛偽之可長？

【箋】楚懷被脅朝章臺如藩臣，不與亢禮，辱國已甚，而群奸猶諱其事，虛偽其詞，不曰"拘"而曰"留"，是欲蓋彌彰，何能長掩耶？

鳥獸鳴以號群兮，隨從入關士卒同被拘留，父不能不號其子，妻不能不號其夫。草苴音鮓。生曰草，枯曰苴。比而不芳。狀群奸之倉皇失魄也。魚葺鱗以自別兮，士大夫有避嫌疑而諉罪者。蛟龍隱其文章。賢人有懼禍而去位者。

【箋】已上皆實指當時情事而不敢直言者，恐暴君過，特隱約其詞，故後文一則曰"獨隱伏而思慮"，再則曰"孰能思而不隱兮"，皆著明此義也。

故荼薺不同畝兮，蘭茝幽而獨芳。荼苦薺甘，其味殊。蘭茝之幽，不與草苴爲伍，其芳獨，此原自喻。惟佳人變彭咸，稱佳人，直以己自任矣。之永都兮，更統世而自貺。叶荒。易世相感，不改其節。眇遠志《發蒙》："遠志即自貺之志。"之所及兮，眇其一目而仰視之，以定其高下之所及。憐浮雲之相羊。介眇志之所惑兮，恐己志不明，爲人所疑。竊賦詩之所明。叶。已上《悲回風》賦序。

【箋】眇我志之所及者，欲及彭咸也。憐浮雲之相羊者，君亡無主,如浮雲之無依也。竊賦者,即此篇也。

【正誤】舊詁序、文不分,故人誤謂文多重複。佳人,王逸訛謂懷、襄王。賦詩,蔣驥誤認爲賦《離騷》《抽思》《思美人》三篇,可爲噴飯。

惟佳人喻己。之獨懷懷懷王也。兮,折芳椒以自處。曾歔欷之嗟嗟兮,獨隱伏而思慮。玩兩"獨"字,則知當時臣民慟心而思懷王者,惟屈子一人而已。

【箋】重提佳人,所謂"更統世以自貺"也。折芳椒以自處者,痛孤芳無用力之地。獨隱伏思慮者,恨身不能奮飛入秦,而返楚懷之駕也。

涕泣交而淒淒兮,思不眠以至曙。終長夜之曼曼兮,掩此哀而不去。

寤由思入夢。《御案》:"似夢非夢而若有見,謂之寤夢。"從容以周流兮,聊逍遙以自恃。恃有夢以爲逍遙計也。傷太息之愍嘆兮,氣於邑而不可止。及醒,固不能逍遙而入秦也。

紉絞。思心以爲纕佩戴。兮,編結。愁苦以爲膺。絡胸。折若木以蔽光兮,隨飄風之所仍。

【箋】此因於邑不寐,急欲入秦不得,於是復思入夢。特恐愁思纍纍,負重難行,故欲紉之以爲纕,編之以爲膺,以便於束縛佩帶而行也。折若木以蔽光者,慮陽光射目,欲變晝爲夜,一任神魂隨風飄送,以遂其迫欲見王之心也。

存仿佛而不見兮,存仿佛者,隱若秦關在望矣。不見者,不見懷王也。心踴躍其若湯。急欲到關。撫珮衽以案志兮,此已入秦境矣。超惘惘而遂行。叶。惘惘者,有茫然不知其所之之意。

歲忽忽其若頹兮，時亦冉冉而將至。煩蕭稿而節離兮，芳已歇而不比。叶去。

【箋】此夢醒而悼時光之迅速也。纔見秋風搖蕙，瞬已節離草枯。恨魂夢依然，我固未嘗入秦也。

憐思心之不可懲兮，證此言之不可聊。叶留。不以思之渺茫爲懲，而反以爲憐者，欲證返懷之言。明知其不能而必欲證之者，不肯作聊且之詞也。寧溘死而流亡兮，謂寧死於秦關道路。不忍此心之長愁。

【箋】總爲後文"登石巒""上高巖"作勢，不肯以前之一夢而止。此則必欲神魂親至其地，目睹懷王無恙，始得紓我之愁而解我之鬱鬱也。

孤子吟而抆淚兮，放子出而不還。叶魂。二語證此言之不可聊也。孰能思而不隱兮，昭彭咸之所聞。

【箋】懷王留秦，事多不便明言，故總托諸隱語以自寫其憂思也。昭彭咸所聞，欲以自明其志也。

【蔣注】所以然者，秦關不返，孤臣有故主之悲。南土投荒，放子無還家之日。此固交痛而不能已者。

登石巒以遠望兮，先寫望郢。路眇眇之默默。路既眇眇，時復昏黑。入入國都也。景影。響之無應兮，聞省想而不可得。大有"魂來楓林青，魂返關塞黑"意。

【箋】此魂又入夢。景響無應，嘆國中之無人也。聞，是欲聞圖議國事。省，是省問在秦消息。想，是思想從前信任之專。"不可得"三字起下。

愁鬱鬱之無快兮，居戚戚而不可解。心鞿羈而不開兮，氣繚轉而自締。

【箋】此望見郢都城内形象光景，敗壞如此，能不令人氣轉鬱而心轉戚耶？

穆眇眇之無垠兮，莽芒芒之無儀。此寫望秦也。秋風淒慘，秋色蕭條，莽莽平原，未知何處是吾君栖依之所。言念及此，寧不令孤臣淚落連珠子哉！聲有隱而相感兮，物有純而不可爲。

【箋】前"眇眇"，嘆郢路之遙遠也；此"眇眇"，嘆懷王之孤魂羈於秦也。芒芒無儀，不見其形影也。聲隱有感，兩魂異地相望，恍聞悲哭之聲也。物純不可爲者，前懷王因誤信子蘭"奈何絕秦歡"一派媚秦軟語，迎合秦昭，卒致被留。故痛斥其純而不可爲，深有恨於此也。

邈漫漫之不可量兮，縹綿綿之不可紆。愁悄悄之常悲點"悲"字醒題。兮，翩冥冥之不可娛。凌大波而流風兮，托彭咸之所居。此悲己之神魂茫茫，飄泊於黑雲霧雨之中，不知秦關何在，楚塞何存。與其生而魂游，不若早從地下之爲妙也。

【箋】凌，歷也。流者，隨波而漂也。漫漫、綿綿者，此恨無期也。翩冥冥者，托足無所也。凌大波而流風者，此直欲以身殉矣。從"石巒"以下連用十疊字，一氣奔注，至彭咸爲歸宿之地。不曰"死"而曰"托"者，蓋未寤彭咸而先爲擬托之詞。

上高巖之峭岸兮，處雌蜺之標顛。據青冥而攄虹兮，遂儵忽而捫天。

【箋】此設言死後之神游也。上高巖之峭岸者，嘆塵海茫茫，此愁何日得紓，不若上登高巖，姑爲汗漫之游，以求弭悲之術。據青冥，攄虹蜺而捫青天，極其游之所至。不但思可以無庸紈,愁可以毋庸編,而哀亦可以掩而去矣。

吸湛露之浮涼兮,漱凝霜之雰雰。依風穴在昆侖北門。**以自息兮,忽傾**同頃,俄頃。**寤**同晤。**以嬋媛。**彭咸來矣。

【箋】吸湛露,漱凝霜,如得一服清涼散,將平昔心中所謂如焦如焚者,悉化爲烏有矣。且更喜依風穴以自息,不受回風之賊。内患既除,外侮不侵,正在自幸,不覺嬋媛早已在寤。不曰"彭咸"而曰"嬋媛"者,寫將入水時,隱隱約約,若見神見鬼,神情活現。

馮馮軾之馮。**昆侖以澄霧兮,隱隱**几之隱。**岷山以清江。**叶。**憚涌湍之礚礚**水激石聲。**兮,聽波聲之洶洶。**形容初入水時,神魂猶憛憛悚懼也。

【箋】以下寫魂在波中與彭咸游也。按:江亦發源於昆侖,馮昆侖者,溯其源;隱岷山者,窮其委。

紛容容之無經兮。水之潛廬洞出,沒滑潷滿也。**罔芒芒之無紀。**水之布濩汗漫,潢沆洋溢也。**軋洋洋之無從兮,**水之流湍投洩、砏汃翶軋也。**馳委移之焉止。**水之長輸遠逝、漻淚減汨也。

【箋】此悲尸在水中,隨波漂泊無所定止。四語形容入化,與張平子《南都賦》語適合。

漂翻翻其上下兮,翼比翼也。**遥遥其左右。**叶以。**氾潏潏其前後兮,伴張弛之信期。**叶起。又連用八叠字,與前相應,字字工煉。

【箋】此悲同没於水者。漂者,水上之尸。翼者,水中之鬼。氾者,騎鯨之夜叉水怪也。張者,潮之來。弛者,汐之去。伴者,則鬼與鬼、怪與怪,互相結伴而隨潮汐之往來也。已上描寫波之混瀁簸蕩處，大有海水群飛、驚濤夜涌之勢。又若有無數冤魂，在於上下左右前後，呼嘯啼泣，淒淒切切，猶聞索命之聲。《山鬼》而外，復見斯篇，恍若魑魅滿紙，真神於說鬼。

觀炎氣之相仍此悲尸在淵久，歷四時而如生也。兮。窺煙雲、液雨。之所積。悲霜雪之俱下兮，聽潮水之相擊。見耳目所觸，無非淒慘。"相擊"二字不忍卒讀。

借光日光。景月光。以往來兮，施黃棘之枉策。《中山經》："苦山有木，名黃棘，黃花園葉，其實如蘭，故取為策馬之鞭。"求介子之所在兮，見伯夷之放迹。心調度而弗去兮，刻著志回應序首。之無適。時刻調度於心而弗去。

【箋】往來施策，見死後精靈不沒。求介子之所存者，欲生保懷王歸國，如晉文故事。見伯夷之放迹者，設楚不幸國滅於秦，必效伯夷不食而死也。

【正誤】《草木疏》："借光景以往來，猶《離騷經》'聊假日以媮樂'。"逸《注》作"神光電景"，非是。

曰：亂詞。吾怨往昔之所冀兮，悼來者之逖逖。憂懼貌。

【箋】言吾往昔所冀者，君如堯舜，臣盡皋夔。不料懷王卒死於秦，使我竟成虛願。今襄雖繼立，不能步武前王，恐危亡將至，能不為之逖逖耶！

【正誤】曰者，亂詞也。注家均連上文作屈子自己解說之詞，誤也。

浮江淮而入海兮，從子胥而自適。望大河之洲渚兮，悲結上"悲"字。申徒申徒狄諫紂不聽，負石自沈於河。之抗迹。驟諫君而不聽兮，任負。重石之何益？心絓結而不解兮，思結

"思"字。蹇產而不釋。

【箋】前求介子、見伯夷者,指死後言也。從子胥、悲申徒者,指生前言也。思蹇產不釋,是仍望於頃襄之繼立,故不忍遽自引决也。

【洗髓】言吾策馬西征,求介推於綿上,不若乘舟東濟,覓子胥於海中,從之自適。乃還望大河,申徒之抗迹猶存,不覺怒然心悲。當年任石無救殷亡,今日懷沙曷裨楚敗?攄虹捫天,殆冥途夢境。清江澄霧,非事勢能爲。惟有尋同調之古人,弔孤忠於方外,而絓結之心與蹇產之思,終古莫釋,空作游魂於江上已耳。

惜往日

【箋】通篇"惜"字三見，"讒"字六見，"貞臣"字三見，"廱"字四見。蓋慟哭陳情之辭。將平昔一片忠肝義膽，生既不能諫白於君，故於臨淵致命時，不得不有此一番慟哭也。哀音血淚，一字一泣。

惜往日之曾信兮，指爲左徒時。受命詔以昭時。奉命造憲令，未昭者爲之申明，已昭者益從而廣之也。奉先功先君功烈。以照下兮，照臨下土。明法度之嫌疑。

【箋】法度，即五刑糾萬民之法、八辟麗邦法之度。嫌疑，則罪疑惟輕、功疑惟重之類。

國富強而法立兮，屬貞臣自喻。而日娭。日娭者，君無猜下之嫌，朝無貝錦之妻，故得日娭以樂也。秘密事之載心藏諸心也。兮，雖過失錯誤。猶弗治。叶平。寬宥也。

【箋】已上述懷之寵遇於己獨厚。

心純龐而不泄兮，不敢以機密妄泄與人。遭讒人而嫉之。即指草創憲令，屬稿未定，上官大夫欲奪之而不與，遂以"自伐其功"而讒之也。君含怒以待臣兮，不清澄省察也。其然否。叶悲。此中之虛實然否，清澄立見，無如含怒在先，一切不爲之省察矣。

蔽晦君之聰明兮，虛惑誤又以欺。見君本聰明，奈爲虛、惑、誤、欺四者所蔽。

【集注】虛,空言也。惑誤,疑而誤之也,然猶畏之也。至於欺,則公肆誣罔而無所憚矣。

　　弗參驗以考實兮,不以讒言參互考驗,而遽信以爲實。遠遷臣而弗思。

　　信讒諛之溷濁兮,盛氣志而過之。盛氣志,含怒也。過,督責之也。見前雖有過,尚蒙弗治,今則有意督責之矣。何貞臣與上"貞臣"緊對。之無皋①兮,被讒謗而見尤。叶。慚光景之誠信兮,身幽隱而備之。備受其幽隱莫白之冤也。

　　【箋】已上兼懷、襄兩世言,自憤誠信,不能如光景之昭明於世,故對之而生慚也。

　　臨沅湘之玄淵兮,遂自忍而沈流。卒沒身而絶名兮,惜壅古壅字。君之不昭。叶周,明。

　　【箋】此痛幽隱不白,對景生慚,不若早赴深淵。然又竊恐沒身絶名,而鄭袖、子蘭、靳尚等蔽晦欺罔之處不得昭明於世,故特著一"壅"字以明定其罪,如《春秋》趙盾書"弑"之例。蓋深恨若輩既壅其父,又壅其子也。

　　君無度而弗察兮,使芳草爲藪幽。藪,荒澤也。言與澤草同腐。焉舒情而抽信兮,王萌曰:"繹之而不窮者,思也。引之而如一者,信也。故曰'抽信'。"恬死亡而不聊。叶。君既弗察,宜安於死,不苟且以虛生。獨障壅承"無度"句。而蔽隱兮,承"藪幽"句。使貞臣而無由。無路自達也。

　　【箋】此述頃襄之放己也。

────────

① 皋,原作"辜",據端平本《楚辭集注》改。

聞百里之爲虜兮，伊尹烹於庖廚。叶稠。呂望屠於朝歌兮，甯戚歌而飯牛。不逢湯武與桓繆兮，世孰云而知之？叶周。人君能察，故貞臣得用。

吳信讒而弗味兮，巧言孔甘，毒藥苦口。子胥死而後憂，越滅吳，夫差臨死始言無面見員。介子忠而立枯兮，文君寤而追求。封介山而爲之禁兮，報大德之優游。思久故之親身兮，因縞素而哭之。叶。"久故親身"對"往日曾信"言。

【箋】已上援古以自慨也。

【蔣注】"介子立枯"數語，乃通身著意處。故於文之加禮
　子推亹亹述之，蓋忍死而惓惓有望也。

或忠信而死節兮，或訑音拖，詐欺也。謾而不疑。欺君罔上者，反用之不疑。弗省察而按實兮，聽讒人之虛辭。芳與澤其雜糅兮，孰申旦而別之？

【箋】此概論古今暗主。

何芳草之蚤殀兮，微霜降而下戒。叶鬲。微霜下戒，正催芳之早殀也。諒不聰明而蔽壅兮，使讒諛而日得。

【箋】此自傷身之被放，皆因君受小人壅蔽，以致不聰不
　明。諒不聰明者，是諒其聰本不明，故使小人日益自得也。此
　推原之辭。

自前世指懷王時。之嫉賢兮，謂蕙若杜若。其不可佩。叶備。妒佳冶之芬芳兮，嫫母姣而自好。叶戲。雖有西施之美容兮，讒妒入以自代。叶帝。

【箋】嫫母何可代西施？以讒人之口，則西施絕不如嫫母

之好。蓋小人不知己之不堪，而欲逞材以專寵也。推原其病根，自懷王時已然，又何怪乎今之人？

願陳情以白行兮，得罪過之不意。情冤真情冤狀也。見之日明兮，如列宿之錯置。錯置，倒置也。言我之情冤，如列宿倒置在天，人人明白，奈自懷至襄，屢訴而屢獲罪，何也？

乘騏驥而馳騁兮，無轡銜而自載。乘氾泭同桴，小木栰。以下流兮，無舟楫而自備。背法度而心治師心爲治。兮，辟與此其無異。

【箋】此深痛懷、襄兩朝用人治國之不當，所以必敗也。雖有騏驥，無轡銜則泛駕。雖有桴筏，亦必有舟楫方穩備。以喻治國不由法度而師心爲治，國必亂。況當此敗亡之際，尤當由法度行，繳上"明法度"，爲前後關鍵。

寧溘死而流亡兮，恐禍殃之有再。不畢辭而赴淵兮，惜雍君之不識。仍以"雍君"作結。

【箋】禍殃有再，爲頃襄懼也。當懷王受欺於秦，武關之入，卒死於秦。頃襄嗣位，忘不共之讐，輒與結姻和好。《史》稱七年迎婦於秦，十四年又與秦昭會宛和親。夫秦素稱虎狼之國，豈可信其欺詐耶？三閭自痛身放南荒，不得與聞國政，眼見頃襄不鑑前車，必蹈其覆，故曰"恐禍殃之有再"也。然迎婦、會宛和親之舉，自必又出於子蘭、靳尚諸奸，計方以爲迎合秦人，乃息兵妙策，而不知其非也。雍君不識，正痛恨此等庸愚妄參廟謨，不識秦人用詐之計，覆亡之禍應在指日，故不辭而赴淵也。

【聽直】"不識"與"不昭"對峙。通篇只兩段，"惜往日之曾信"至"惜君之不昭"爲一段,"君無度而弗察"至"靡君之不識"爲一段。

【蔣注】按:原之死大約在頃襄十五六年間。《史》稱頃襄二十一年,秦拔鄢、郢,取洞庭五湖江南,沅湘玄淵皆爲秦有。"禍殃有再"之言不旋踵驗矣。

懷 沙

【箋】太史公《列傳》,《漁父》之後,即繼以《懷沙》,曰"於是懷石自沈汨羅",則此篇當是絕筆之文。又按《外傳》稱原晚益憤懣,披蓁茹草,混同鳥獸,不交世務,采柏實和桂膏,歌《遠游》之章,托游仙以自適。王逼逐之,於五月五日,遂赴清泠之水。其神游於天河,精靈時降湘浦,楚人祀爲水仙。

陶陶從《史記》,他本作滔滔。孟夏兮,草木莽莽。叶。傷懷永哀聲淚俱盡。兮,汩聿。徂南土。

【箋】孟夏時猶清和,草木莽莽,此猶淵明所謂"盛夏草木長,繞屋樹扶疏"之意,悼其被放南土,無盧可托,勢不能再靦顏以偷生也。南土,指往長沙、汨羅,言己之死所也。

眴音瞬,瞑眩也。兮窈窕,從《史記》,一作杳杳。孔静幽默。一作默。冤結紆屈。軫痛。兮,離慜而長鞠。窮。

【箋】此臨淵而嘆其水之深與水之色黝然而幽也。蓋水至深則色必黑,無風則波平而孔静矣。"眴兮"二字妙絕。眼視汨水深黑處,即投死之所,有不忍視、不能再視之意,故目爲之眩而神爲之昏也。"冤結"句追思昔日之鬱,"離慜"句正鳴今日之苦也。

【聽直】眴兮杳杳者,有目數視而不得其所見之處,失意失神,見日月皆若無光,顧山河盡成冥途也。無象可覲之謂幽,無聲可聞之謂默，聲象交廢之謂孔靜，如此景況，竟入於鬼界矣。是篇爲畢命之詞，易於用慘。

撫循。情效巖。志兮，俛詘以自抑。刓方以爲圜兮，常度未替。

【箋】此因一生梗概大節，恐死去不明，剩一息尚存，盡情歷序一番，似自撰行狀，留與千百世後人，讀其文而悲之也。《史記》獨載此賦，迨亦將有感於斯文。

易初變易初心。本迪本於先人啓迪之道。兮，君子所鄙。章畫志墨章，明也。畫，如卦畫之畫。墨，繩墨。志，念之不忘。兮，前圖未改。叶已。

內厚質正兮，大人所臧。美也。巧倕垂，舜之共正。不斲兮，孰察其揆正。

【評注】言倕必斲而後知其巧，喻己不見用，無人知其才德也。

玄文黑文。處幽幽暗之地。兮，矇瞍有眸子而無見曰矇，無眸曰瞍。謂之不章。離婁微睇兮，瞽以爲無明。叶。

【箋】離婁以視爲明，微睇而無不見；瞽以不見爲明，而能以意揣之，無所用其明，以喻衆人能見有形，而不能見無形也。此承"巧倕不斲"，以喻人不能察其所揆之正也。

變白爲黑兮，倒上以爲下。叶。鳳凰在笯兮，雞鶩翔舞。

【箋】此甚形其簧言瞽説，能變白爲黑，倒上爲下，不僅不察不見而已也。鳳凰雞鶩喻君子被困，小人得志，皆由其黑白不分，致令冠履倒置也。

同糅玉石兮,一概而相量。叶平。恨懷王爲群小所惑也。夫①惟黨人之鄙固兮,羌不知余之所臧。

【箋】獨提黨人者,不敢直言怨君。故借黨人之鄙固,以痛君之不能見量於己。此微詞也。

任重載盛兮,陷滯而不濟。懷瑾握瑜兮,窮不得所示。

【箋】此追悼爲左徒時,遇讒被疏,既未得克展其才,而放廢之後,沈淪異地,復未得竟其用也。

邑犬群吠兮,吠所怪也。誹俊疑傑兮,固庸態也。此指黨人言。

【洗髓】詞愈憤而愈刻,意愈慢而愈激。即"犬吠"數語,益見其不平之氣,是必見恨於小人矣。

文質疏內兮,衆不知余之異采。材樸委積儲蓄充足也。**兮,莫知余之所有。**叶謁。

【箋】兩"不知",皆跟上文"知"字來,文質材樸正是其所臧處。

【評注】文質疏內,盛德若愚也。材樸委積,實若虛也。

重仁襲義兮,謹厚以爲豐。重華不可遌晤。**兮,孰知即**以"知"字貫下。**余之從容?**

【箋】此又申言人所不知之故。"重仁襲義、謹厚爲豐"八字,乃屈子一生大學問、大抱負,豈當時人所能識?緬維在昔,惟重華乃原寤寐所仰止者,惜又不能一遌,此外孰有知余之從容而中道者耶?

---

① 原本無"夫",據端平本《楚辭集注》補。

古固有不並兮,不並世而生。豈知其故也？豈知我今日臨淵之故。湯禹久遠兮,邈不可慕也。聖帝往矣,明王又不作。"吾其已夫"之嘆。

懲違改忿兮,抑心而自強。離慜而不遷兮,願志之有像。願死後傳世。

【洗髓】生莫與並,惟是修其在我。違則懲之,不貳吾過。忿則改之,不憑吾怒。抑制此心,勉強爲善。雖遭憂慜,初服不遷。既無復顧望於人間,願志獲成而有像爲後世之表儀而已矣。

進路北次向汨羅之路。兮,日昧昧其將暮。情景難堪。舒憂娛哀兮,限之以大故。

【箋】以懷石爲舒憂,以投淵爲娛哀,命盡於此,天實限之,夫何怨哉？淒音慘慘,至今猶聞紙上。已上又似一篇自祭文,"亂曰"以下則自題墓志銘也。

亂曰:浩浩沅湘,分流汨兮。汨羅在長沙府湘陰縣。沅出蜀郡至長沙,湘出零陵亦至長沙。修路幽蔽,道遠忽兮。

【聽直】瞪視沅湘之分流,眷念來投之修路。向之所謂幽僻而遥遠者,今忽焉已至矣。是江水逼人以死地,江聲告人以死期矣。

懷質抱情,獨無匹叶平。兮。無耦也。《集注》作"正"。伯樂既沒,驥焉程兮？

【聽直】懷抱獨知,世無復相馬者矣,付驥骨清流足矣,將曰自沈之非正命耶？

民生禀命,各有所錯兮。壽夭窮通,各有數定。定心廣志,予何畏懼兮？

【箋】心定則仰不愧天，志廣則俯不怍人。"畏懼"頂篇首"眴兮窈窕，孔静幽墨"言，謂水之深黑而可畏懼也。

曾傷爰①哀，永嘆喟兮。世溷濁莫吾知，人心不可謂兮。

【聽直】既無畏懼，而又不能不嘆傷者，君國之恨，地下逝魂所不能忘。縱骨化形銷，而此傷猶增，此嘆猶永也。生前之傷嘆莫之省，死後之傷嘆益莫之聞，九泉迥隔，又安能呼溷濁之人，而寄聲相謂，俾改故轍②，慰此逝魂乎？

知死不可讓，願勿愛兮。明告君子，吾將以爲類叶賴。兮。

【箋】末以"死"字反結"知"字。知死不可讓，則生亦無益，何必欲求人之知也？將前後數"知"字一筆掃卻，而歸於"死"之一途，固可以免邑犬之群吠矣。

【聽直】世豈有可偕死之人，同心地下哉？此非可讓之事，願勿自愛其死而已。縷陳死因，明告後之君子，倘後有死忠如我者，吾將引之以爲儔類，庶地下不孤也。"從彭咸之遺則"，以此心質之前世也。"明告爲類"，以此心待之後世也。前望千載，後望千載，顧影孑立，足跂眸穿，悠悠當代，竟何人哉！

---

① 爰，原作"恒"，據端平本《楚辭集注》改。
② 轍，原作"輙"，當誤。

橘　頌

【箋】《史記·貨殖傳》稱"江陵千樹橘"。江陵與夔峽皆在漢水之南，楚文王所都之南郢地。昭王畏吳，徙都於鄀，稱鄢鄀，今襄陸界。後復歸於郢。則原之頌橘，似在郢都作也。黃維章次《橘頌》於《悲回風》之前，蔣驥次於《懷沙》之後。余細玩其詞，雖不能定其作於何時，其曰"受命不遷"，是言稟受天賦之命，非被放之命也。其曰"嗟爾幼志""年歲雖少"，明明自道，蓋早年童冠時作也。

【辭鐙】一篇小小物贊，說出許多大道理，且以爲有志有德、可師可友，而尊之以"頌"，可爲備極稱揚。看來句句頌橘，又句句不是頌橘，但見原與橘，分不得是一是二，彼此互映①，有鏡花水月之妙。

后皇嘉樹，橘徠服謂天生嘉樹，獨産南服也。兮。受命不遷，橘逾②淮成枳。生南國兮。深固難徙，更壹志兮。深根固蒂，喻其不逐於污俗也。綠葉素榮，紛其可喜叶去。兮。花葉喻文藝。

曾枝剡棘，喻廉隅。圓果喻實德。摶同團。兮。青黃青，實未熟。黃，已熟時。雜糅，文章爛叶闌。兮。文章燦爛，喻德之發於

---

① 映，原作"映"，當誤。
② 逾，原作"喻"，當誤。

外者。

精色内白,類任道叶徒苟切。兮。精色内蘊,類有道者之行廉志潔也。紛緼盛貌。宜修,姱而不醜兮。善於修飾,純乎自然,不假人爲也。

【箋】文分前後兩截。上截寫橘之素具,下截表橘之貞操。

嗟爾幼志,有以異兮。獨立不遷,豈不可喜兮。申上"受命"句。

【箋】獨提"幼志"二字,蓋追憶覽揆初度之事也。獨立不遷,則"重之以修能"也。

深固難徙,廓其無求兮。只知深固其本根,而於身外固廓然無所求於天地間也。申上"深固"句。蘇同疏。世獨立,橫而不流兮。

【箋】既已無求於外,自然與世自疏。獨立者,孑然不群。橫而不流者,旁行之枝橫生而不撓也。

閉心自慎,終不過失叶試。兮。閉心,屏去嗜欲。自慎,戒慎恐懼以自盟其幽獨也。秉德無私,參天地兮。

【箋】天下惟至誠可以參天地,一橘之微,何至頌言若此?此大夫自寫照,欲與天地同垂不朽也。

願歲并謝,與長友叶。兮。淑離不淫,不淫其志。梗其有理兮。

【箋】歲謝不凋,則其貞可仰。淑離不淫,見其交之久而能敬。親之不暱,遠之不疏,梗然崛强而有理也。

年歲雖少,應上"幼志"。可師長兮。行比伯夷,置以爲像叶上。兮。

【箋】言橘之貞操亮節，不但爲我之友，並可以爲我之師與長。何也？蓋伯夷，聖之清者，我素所景仰。欲寫伯夷之像不可得，今若範橘之形，可當伯夷之像而事之也。

屈辭精義卷之五

江都陳本禮箋訂
男逢衡校讀

九 歌

【發明】《九歌》皆楚俗巫覡歌舞祀神之樂曲。《周禮·春官》:"司巫掌巫之政令。"男曰覡,女曰巫。楚以巫祀神,亦從周舊典,特其詞句鄙俚,故屈子另撰新曲。然義多感諷,後人不深求其故,漫曰楚俗信鬼好祀。而谷永又謂懷王隆祭祀、事鬼神,欲以邀福助却秦軍,似皆妄擬之詞。愚按:《九歌》之樂,有男巫歌者,有女巫歌者,有巫覡並舞而歌者,有一巫倡而衆巫和者。《激楚》《揚阿》,聲音淒楚,所以能動人而感神也。鄭康成曰:"有歌者,有哭者,冀以悲哀感神靈也。"讀《九歌》者不可以不辨。

東皇太一《舊注》:"祠在楚東,以配東帝。"

【箋】太乙,北辰星名,在天乙之南,主使十六神,而知風雨、水旱、兵革、饑饉、疾疫、災害之事,考治上下,順行八宮,理天、理地、理人,其神最尊,故楚俗祀神首先及之。其曰"東皇"者,太乙木神,東方歲星之精,故曰"東皇"。

吉日謂甲乙。兮辰謂寅卯。良,穆將愉兮上皇。東皇。撫長劍兮玉珥,璆鏘鳴兮琳琅。

【箋】《詩》:"穆穆文王。""穆"字指上皇不貼,主祭與巫言。將愉者,神將降而歆其祭祀也。撫長劍,則如見其形矣。璆鏘鳴,則如聞其聲矣。首從神降序起,不入迎神一詞,末亦不找送神一語,創格也。

【夢溪筆談】吉日辰良,蓋相錯成文,則語勢矯健,如杜子美詩云"紅豆啄餘鸚鵡粒,碧梧棲老鳳皇枝",韓退之云"春與猿吟兮,秋鶴與飛",皆用此體。

瑤席神位。兮玉瑱,同鎮,壓席。盍將把奉持也。兮瓊芳。蕙肴蒸同烝,進也。兮蘭藉,奠桂酒兮椒漿。洪邁曰:"二語乃當句對也。"

【箋】此述陳設饗薦之豐潔也。言竭誠致禮,既以瑤為席而玉為瑱矣,則所將而致敬者何物耶?瓊之芳也,蕙之肴也,桂之釀而椒之漿也。筆以反跌見重。

揚枹兮拊鼓,疏緩節兮安歌,升歌。陳竽瑟間歌。兮浩倡。此一巫倡而衆巫和也。

【箋】歷舉聲歌之盛以娛神也。浩者,見歌者之衆、竽瑟之多也。

靈楚人號女巫爲"靈子"。偃蹇兮姣服,不曰"巫姣",而曰"服姣",是其撰詞之雅。芳菲菲兮滿堂。此則花香人香,一時並艷。五音紛兮繁會,樂之亂。君東皇。欣欣兮樂康。與篇首"愉"字相應。

【箋】人謂《離騷》無艷語,非通論也。《騷》從《三百》來,《詩》不云乎:"巧笑倩兮,美目盼兮。"又"胡然而天也,胡然而帝也",皆《風》《雅》之極則。以宋廣平之鐵石心腸,《梅花》有賦。以陶靖節之甘貧石隱,猶賦《閑情》。文人之筆,何所不有?況此章屈子之用意尤深,蓋以姣巫之樂東皇喻鄭袖之惑懷王也。故前不著一語迎神,後不著一語送神,突然而起,戛焉而住。爰於《九歌》第一章中即隱寓此意,以待千百後世明眼,以一發其覆也。王逸曰:"《九歌》之曲上陳事神之敬,下以見己之冤結,托之以風諫。故其文義不同,章句雜錯,而廣異義焉。"讀者當於言外求之。

【何評】各章中大抵以神比君,有望君心之一悟,其妙處在不離不即之間。若必指定何人何事,失之遠矣。

雲中君

【箋】《春秋·元命包》曰："陰陽聚爲雲。"雲師名屛翳。《封禪書》："晉巫祀五帝、東君、雲中、司命。"

浴蘭湯兮沐芳，《易通卦驗》："冬至，陽雲出箕，如樹木狀。立春，青陽雲出房，如積水。夏至，少陰雲如水波莘莘。浴蘭沐芳者，蓋狀雲氣如花木之初出於水也。**華采衣兮若英**。叶。《通卦驗》："立秋，濁雲出如赤繒。"《史記》："齊雲如絳衣。"華采者，狀色之如繒如絳、若英如花也。**靈**雲中君。**連蜷兮既留**，連蜷，狀雲之連綿不斷。既留者，行將臨壇而享祭也。**爛昭昭兮未央**。謂光華爛縵，昭回於天也。

【箋】《九歌》"靈"字有指巫言者，如上章"靈偃蹇兮姣服"是也；有指神言者，如此章及《東君》"靈之來兮蔽日"是也。亦若經言"美人"，可以比君，亦可以自喻。若如諸家泥説，則屈子名"靈均"，而稱君不可以名"靈修"矣。且《東皇》章，舊詁既以"靈"字指神，而下文"君"字又何所指耶？

【何評】從雲著想，見縹緲之致。一結亦是不忘君之意耳。

騫將憺兮安也。**兮壽宮**，《爾雅》："壽星，角、亢也。"角、亢爲東方之宿。壽宮者，謂雲神朝起於角、亢之次，而憺安於壽星之舍也。**與日月兮齊光**。齊光者，即"卿雲爛兮，糺縵縵兮。日月光華，旦復旦兮"之意。**龍駕兮帝服**，龍駕，《子華子》："雲，龍屬。"故能以龍爲駕。帝服，形容雲之彩色如帝服之絢爛也。《荀子》："雲五彩成文。"葛洪曰：

"雲五色爲慶,三色爲喬。"聊翱游兮周章。周章,怔營貌。聊翱游者,謂其行止不定,又將營營他往也。

靈皇皇兮既降,猋遠舉兮雲中。覽冀州兮有餘,橫四海兮焉窮。思夫君兮太息,極勞心兮忡忡。

【箋】甫降倏舉,此借雲以比懷王之狂惑也。《易》曰:"雲行雨施。"夫雲之所以爲靈者,在乎膏我下土,其澤之所霑,望其沛冀一州而有餘,被四海而無窮也。今乃空具此密雲之勢,亦猶楚徒恃其有方城漢水之險,而不能養兵息民,惟務黷武。襄陵之役,圖得魏八邑。信張儀約從,伐秦絕齊,貪得商於六百里地,卒致被欺,兵連禍結。此屈子之所以有"思夫君兮太息,極勞心兮忡忡"之嘆也。

湘　君

【箋】洞庭君山上有湘妃墓，相傳爲堯之二女。舜南巡，溺於湘江，而神游於洞庭之淵。考《竹書》，帝舜即位三十年，后育卒。后育者，娥皇也，葬於渭。娥皇無子。女英生均，舜崩後，隨子封於商，商有女英塚。則岳之湘君、湘夫人，非堯女也，明矣。《山海經》：“洞庭之山，帝之二女居之。”郭璞注：“天帝之女。”羅長源曰：“此二女當爲舜之第三妃癸比氏所生宵明、燭光也。”按《史記》，始皇問“湘君何神”，其下對曰“堯女舜妻”，則湘君、湘夫人又相傳爲堯女久矣，非宵明、燭光也。讀屈子所賦，殆湘水之神，楚俗之所祀者。然二篇亦皆自喻不得於其君之詞，非真詠二妃也。

君湘君。**不行兮夷猶**，蹇難行貌。**誰留兮中州？美要眇同妙。兮宜修**，此指巫之容質既美，又善修飾而能降神也。沛吾主祭者自稱。**乘兮桂舟**。迎神之舟。**令沅湘兮無波，使江水兮安流。**恐其不來，祝其無阻也。

【箋】開首便見是恍惚之詞。“中洲”句下應接“望夫君”二語，乃先插入“美要眇”四語，橫空隔斷，以見巫之姣、舟之美、主人祭祀之誠。君之不行而夷猶者胡爲耶？既怪之又疑之，使下文“望”字乃躍然而出。章法之妙，獨有千古。

望夫君兮未來，叶黎。王世貞曰：“日暮碧雲盡，佳人殊未來。”

本此。**吹參差參差**,洞簫,舜樂。**兮誰思**？迎之不來,見其吹簫,不知其思誰也。

【箋】此迎神未至之辭。

駕飛龍湘君所駕。**兮北征,邅吾道兮洞庭**。《山海經》："洞庭之山,帝之二女居之,是常游於澧沅瀟湘之淵。"此蓋設祭於洞庭,冀其邅道而臨於祭所也。**薜荔帕**舊訛"拍",舟子抹額。**兮蕙綢**,袜胸。**蓀橈兮蘭旌**。此即前所乘之桂舟。遥見神既駕龍北征,恐其路過不及,於是又裝點舟子,加以橈旌,命其鼓櫂速發而迎之也。**望涔陽**涔陽浦在洞庭、大江之間。**兮極浦,橫大江兮揚靈**。

【箋】望者,遥睇涔陽,雲氣蔽空,似神之威靈剡剡,早已飛揚江上矣。

【正誤】靈,指神之威靈,不指主祭者之精誠言。王逸謂"揚己精誠,冀感寤懷王使還己",謬説也。

揚靈兮未極,極,至也。未極者,神在望而不降也。**女嬋媛**巫。**兮爲余太息。橫流涕兮潺湲,隱思君兮陫側**。猶"悱惻"。何《評》："思君陫側。"一篇主意在此。後文"忠""信"正與此句映發。

【箋】已上皆鑿空幻想。其實湘君何曾留、何曾吹,何曾駕飛龍而揚靈耶？作者一肚皮幽憤無以發泄,特假此自寫其縹緲之思,以見求君之難耳。其寫神之不測處,真得鬼神之情狀矣。

桂櫂兮蘭枻,音屑。**斫冰兮積雪**。欲追不及,如斫水於積雪中也。**采薜荔兮水中,搴芙蓉兮木末**。水中無薜荔,木末無芙蓉,喻求水神之空往也。**心不同兮媒**喻太息女巫。**勞,恩不甚兮輕絕**。

【辭鐙】此與《湘夫人》二章，皆《離騷》求女之意。"媒勞"二字，即《離騷》"媒拙"之意。求神自始至終不能一遇，即《離騷》高丘無女、閨中邃遠之義。

石瀨喻己。兮淺淺，叶箋。飛龍喻神。兮翩翩。交不忠兮何《評》："略點正意。"怨長，期不信兮告余以不閒。叶賢。二字婉而多風。

【奚注】言石湍之水豈足容龍，以比事神之禮薄而神不降也，且興起下二句。蓋交神之道不胅誠，故怨長。期神之心不信確，故神亦告我以不閒。此反身自責之詞也。"石瀨"二句合上節，是比中又比。

鼂騁騖兮江皋，夕弭節兮北渚。鳥次兮屋上，水周兮堂下。叶。

【箋】此追述前此迎神之誠敬也。鳥次水周，寫北渚幽潔而僻靜，正享神祭祀之所。君胡爲不降，空令人作綢繆想也。

捐余玦兮江中，遺余佩兮澧浦。采芳洲兮杜若，將以遺兮下女。《六臣注》下女喻賢臣。何《評》不敢質言君，猶云"下執事"耳。

【箋】玦佩，擬以贄見於湘君者。捐玦江中，遺佩澧浦，猶恐誠不上達，更采杜若以遺下女，冀其鑑微忱而上達也。

時不可兮再得，聊逍遙兮容與。上句失望之詞，下句聊以自解也。

【箋】奈下女亦隨湘君去遠，不及遺，故曰"時不可兮再得"。逍遙、容與者，悼湘君已往，尚冀夫人之降臨，姑少緩以待之也。

【正誤】羅願《爾雅翼》以湘君爲神奇相死後之配，夫人即二女。按《廣雅》："江神謂之奇相。"《蜀檮杌》："奇相震蒙氏女，竊黄帝玄珠，泛江而死爲神。"則奇相亦女子也，焉得爲湘君之配？此荒誕之説也。

【玉麐】按：《九歌》湘君、湘夫人自是二神。江湘之有夫人，猶河洛之有虙妃也。此之爲靈，與天帝並矣，安得謂之堯女？且既謂之堯女，安得總云湘君哉？何以考之？《禮記》曰："舜葬蒼梧，二妃不從。"明二妃生不從征，死不從葬，義可知矣。即令從之，二妃靈達，鑒通無方，尚能以鳥工龍裳救井廪之難，豈尚不能自免於風波而有沉淪之患乎？假復如此，《傳》曰："生爲上公，死爲貴神。"《禮》："五岳視三公，四瀆視諸侯。"今湘川不及四瀆，無秩於命祀。而二女帝者之後，配靈神示，無緣復下降小女而爲夫人也。参互其義，義既混錯。錯綜其理，理無可據，斯不然矣，原其致謬之由，由乎俱以帝女爲名。名實相亂，莫矯其失。習非勝是，終古不寤，悲夫！

【何評】二篇情致風華婉曲動人，大意亦寓思君之旨。曰"望夫君""思公子"，皆以托諷。其稱"余"處，乃托主祭者之言以自比也。首尾俱見，丰姿秀絶。

湘夫人

【何評】首言"帝子",猶呼織女爲"天孫"耳。後言"九疑",亦謂與湘水近,故曾無娥皇、女英之説,齊東野人語不足辨也。

帝子夫人帝女,故曰"帝子"。降兮北渚,頂前篇"夕弭節"句來。目眇眇兮愁予。叶與。"目眇眇"三字寫帝子降如見。嫋嫋兮秋風,洞庭波兮木葉下。叶。何《評》:"起筆縹緲,神情欲活。"

【箋】二妃同時並祀,湘君既揚靈不顧不應,帝子獨降此,故爲恍惚之筆,以起下文無端之幻想也。眇眇愁予,望之但覺嫋嫋然摇曳而來者,心疑其爲帝子降而特非也,蓋洞庭風起波生而飄木葉也。

登白薠兮騁望,與佳指帝子。期約也。兮夕張。叶去。陳設帷幄也。鳥何萃兮蘋中,罾何爲兮木上?

【箋】蘋上豈能騁望?登蘋而望,悉屬空中設想。且妄思盛設帷幄,欲與帝子盟訂夕約,豈非鳥萃蘋中、罾掛木上,空作營巢獲魚之想?此自嘲自解之辭。

沅有芷兮澧有蘭,思公子《詩》:"爲公子裳。"謂女公子,故帝子亦稱"公子"。兮未敢言。叶顏。恍惚兮遠望,觀流水兮潺湲。

【箋】此又設言公子若來,沅則有芷矣,澧則有蘭矣,芳香之薦,豈無足以當公子之一盼耶?然思而不敢言者,特恐未必肯來,徒作惠然之想。恍惚遠望,惟有觀渚水之潺湲而已。

麋同麞。何食兮庭中,蛟何爲兮水裔。水涯。朝馳余馬兮江皋,夕濟兮西澨。

【箋】庭中何曾有麋,水裔何曾是蛟,皆從上"恍惚"二字生出。心中幻想,遂眼若有見麋食蛟來,疑神見鬼,恍似夫人之驂從已至。故朝馳馬於江皋而迎之,夕泛舟於西澨而速之也。

【評注】此望中所見。庭中忽有麋,水裔忽有蛟,疑夫人之將降也。江皋、西澨,求之於此而復求之於彼也。

【蔣注】思而不敢言,幾絕望矣。麋來庭中,蛟出水裔,比神意又似與人相親者,以起下佳人召予之意。欲親之則遠引,絕望矣而忽來,蓋美人之情狀也。

聞佳人尊之曰"帝子",親之曰"公子",美之曰"佳人"。兮召余,將騰駕兮偕逝。憑空造謊,奇甚。

【箋】將騰、偕逝,謂夫人將邀湘君偕逝而臨於夕張之所也。佳人一召,業已喜出望外,又聞與湘君偕逝,更夢想所不及。前是眼中幻像,此乃耳中空音。一"聞"字,一"將"字,全於空中著色。

築室兮水中,葺之兮荷芙渠。蓋。二語總冒貫下。

【箋】此因聞湘君有"偕逝"之語,故於夕張之地又相地築室,加意修飾,以冀其降臨也。

蓀壁兮紫壇,匊古播字。芳椒兮盈堂。桂棟兮蘭橑,音老。辛夷楣兮葯房。罔同網。薜荔兮爲帷,擗蕙櫋兮既張。白玉兮爲鎮,同瑱。疏石蘭兮爲芳。芷葺兮荷薄荷。屋,繚之兮杜衡。合百草兮實庭,建芳馨兮無門。二語總束,結上。

【箋】已上備極芳香幽潔，意湘君與夫人憐其竭誠盡致，必勝駕而至矣。其鋪叙衆芳處凡十二種，其說玉處只一句，蓋借玉自比，而以衆芳喻平昔所樹滋之蘭蕙與留夷揭車等，欲共聚之於一堂也。有此衆芳築室，何患君不三后、臣不皋夔？"明良喜起"不難再見於今日矣。

【何評】比也。全用芳草點綴生情，亦取衆芳之喻也。

九嶷繽狀巫舞之衣繽紛五彩，如九嶷之雲也。**兮並迎**，意其將降，故帥群巫而迎之也。**靈之來兮如雲。**

【箋】曰"如"者，則所見乃雲非靈。蓋由心中幻想，眼花亂飛，遂真以爲二妃降矣。楚詞凡説雲處皆曰"九嶷"。《漢郊祀歌》亦然，不必泥舜説。

【評注】此二語正言神之降也，皆從荒忽之中摹擬如此。《離騷》"九疑繽其並迎"，明言神降，何於此獨言迎之以去？總緣諸解以神不見答，況原之不得於君，故曲爲之辭。竊以爲未安也。

捐予袂兮江中，遺予褋兮澧浦。搴汀州兮杜若，將以遺兮遠者。叶渚。詞意特以重複見奇。

【箋】捐袂、遺褋，報夫人之美召及邀湘君偕逝之德也。遠者指隨從二妃之下女，勞其遠來也。皆意中虛擬之詞。

【何評】如雲之從，尚思遠者，求賢如不及之意，於此可見。

時不可兮驟得，聊逍遙兮容與。

【箋】前章"時不可再得"，惜之也。此章"時不可驟得"，幸之也。前所不可得者，今幸而驟得之矣。逍遥容與，則祝其少留而勿去也。與前《湘君》章詞若重復，意實迥别。一篇水月鏡花文字使後世讀者從何摸索？

【瀹注】近有《集解》云："《湘君》一篇，即湘君召夫人者也。《夫人》一篇，則夫人答湘君者也。前以男召女，故稱女、稱下女。後以女答男，故稱帝子、稱公子、稱遠者。其中或稱君、或稱佳人、或稱夫君，則彼此相謂之辭也。以男遺女，則有玦有珮，此男子之所有事也。以女遺男，故有袂有褋，此女子之所有事也。其於彼此酬答之際，一一相應。"

大司命

【箋】《周禮‧大宗伯》有司命之祀，《星傳》曰："中宮三台星，上台曰司命，主壽。"前《湘君》《湘夫人》兩篇，章法蟬遞而下，分之爲兩篇，合之實一篇也。此篇《大司命》與《少司命》兩篇並序，則合傳體也。

廣開兮天門，太極垣九門，曰端門、左掖、東華、東中華、太陽、右掖、西華、西中華、太陰。紛吾大司命自謂。乘兮玄雲。令飄風兮先驅，使涷音東。雨兮灑塵。君指少司命。回翔兮以下，叶。少司命在紫微垣文昌宮。回翔以下者，謂從文昌宮而下也。踰空桑兮從女。桑乃箕星之精，東方七宿之一。逾者，歷箕津而下臨祭所也。從女，神降於巫身也。紛總總指九州之衆。兮九州，何壽夭兮在予？叶。言與少司命同治九州，生命不專在予一人也。

【箋】下章明明有"吾與君兮齊速"語，則知此"君"字斷指少司命無疑。空桑，人皆誤作山名。玩《大招》有"魂乎歸來，定空桑只"，注：空桑，琴瑟名。又豈可以作山名解耶？

高飛兮安翔，瞬降即逝，蓋道帝心急，不敢久留人間也。乘清氣兮御陰陽。吾大司命自謂。與君少司命。兮齊速，道帝之兮九阬。音坑，叶岡。

【箋】斗爲帝車，運行天上。九阬，九宮也。三台司命隨車運轉，飛歷九宮，宣道帝命而施福善禍淫之政焉。天上九宮應地下九州，故曰"九阬"。齊速，有感必應，無所留滯也。

靈衣兮被被，披。玉佩兮陸離。一陰兮一陽，衆莫知兮予所爲。已上皆大司命之語。

【箋】靈衣、玉珮，道帝之服。此神將道帝他往。一陰一陽者，言人之壽命莫不本乎陰陽。我雖主之，亦惟有順帝之命，代天宣化耳，何能與造物分其權？故曰"衆莫知予所爲"。此臨去諭祭者之無益也。

折疏麻兮瑤華，將以遺兮離居。老冉冉兮既極，不寖近兮愈疏。以下皆主祭者之詞。疏麻喻芳，離居寓君，只此四語，露思君正意。

【箋】此留神之語。疏麻、瑤華，皆極難購之品。將以遺者，言別離在即，囑其少爲居此，以待其從容而往折也。老冉冉者，悼光陰易過，恐一去而欲遺無從。若不及君之降臨一寖近君，則我之疏君愈甚矣。

乘龍兮轔轔，高駝兮沖天。叶。結桂枝兮延竚，羌愈思兮愁人。

【箋】此悵神去太疾，不及待其折疏麻、瑤華矣。結桂延竚，是於急不待緩之時，又思所以暫挽之術，無如高駝沖天，留既不能，贈又不及，所以愈思而愈愁也。

愁人兮奈何，願若今兮無虧。固人命兮有當，孰離合兮可爲？《發蒙》：此自慰之詞。人能盡性立命，則冥漠無權。按：此即"殀①壽不貳，修身以俟之"之意，結出大旨。

---

① 殀，原作"妖"，當誤，據下"箋"之"離之未必遽殀"改。

【箋】此從無可奈何中,想出一解愁之方,並以釋不寖近而愈疏之惑。"唯昭質未虧",前大夫已言之矣,此又曰"無虧者",益加自勉也。《語》云:"不知命,無以爲君子也。"《莊子》曰:"知其不可而安之若命。"屈子亦惟自盡其所當然而已。離之未必遽殀,合之未必能壽也,況司命"陰陽"之語,已寓有命在。而"有當"之說,原於生死之際,固已早了然於心矣。注家紛紛,泥"壽殀"之説,失其旨矣。

少司命

【箋】《史記·天官書》："文昌六星,在斗魁前四曰司命。"《晉書·天文志》："三台六星,兩兩而居。……西近文昌二星曰上台,爲司命。"朱子以上台爲大司命,第四星爲少司命。

秋蘭兮**興神突然而起**。蘪蕪,羅生兮堂下。叶。祀神之堂。綠葉兮素枝,芳菲菲兮襲予。叶。**巫自謂芳菲襲人,興神之將降**。夫人兮自有美子,才四切,與"字育"之"字"同。**誠能感神,自蒙福祐**。蓀蓀亦芳草。何以兮愁苦?"愁"字遥接前篇"羌愈思愁人"句來。**此巫慰主祭者之詞**。

【箋】自有美子,即人各有命在之意。秋蘭蘪蕪生於堂下,亦各有命。其芳菲襲人者,得天全也。蓀何以兮愁苦,則所遇有幸有不幸,要知亦由命也。《少司命》篇不言命,然開首數語却句句是言命。

【正誤】《環濟要略》:"子猶孼也,恤下之稱。"注家將"美子"二字作"子孫"講,且謂少司命主人子孫,何荒誕穿鑿之甚!

秋蘭兮青青,綠葉兮紫莖。滿堂兮美人,**喻神**。忽獨與余兮目成。**以下皆巫語**。

【箋】此以蘭興神作指點語也。原之愁苦非愁壽夭,愁姱修不見答於君也。故巫即以堂下之芳譬曉之。言以爾之視,堂下青青者,蘭也;綠葉紫莖者,蘪蕪也。然以我觀之,則滿堂皆美人也。"忽獨"者,見神於衆芳中獨與余顧盼,而以目定情。此固有命在焉。

入不言兮出不辭,乘回風兮載雲旗。此怪之之詞。既與目成,莫逆於心,自不應入不言而出不辭矣。今既乘風載雲,則是神將去矣。雖有目成之好,其如不能久何？甚言君不可恃之意。**悲莫悲兮生別離,樂莫樂兮新相知。**此悵神欲去而作別離之感也,新知之樂,目成也。

荷衣兮蕙帶,儵而來兮忽而逝。夕宿兮帝郊,君誰須兮雲之際?

【箋】此又疑之之詞。以司命之尊,則當靈衣玉珮,不應荷衣蕙帶而效姱修者之服。豈神亦愛芳,與製芰荷爲衣、集芙蓉爲裳者有同心之好耶？不然,胡爲儵來又逝,且不徑逝,復宿於帝郊,須乎雲際,默窺君意,豈憐其抑鬱失所而然歟？抑哀其老冉冉而然歟？雖然,感君回翔天門,遠逾空桑,目成一盼,依依不捨,我其何以報君耶？

與女沐兮咸池,咸池,三星在天潢內日浴處。**晞女髮兮陽之阿。**二語根"夕宿"句來。宿起必沐首理髮。**望美人兮未徠,臨風怳兮浩歌。**大聲長歌。

【箋】上二囑其少留,欲致其慇勤之意。下二送神之詞。

孔蓋兮翠旌,此即所歌之歌。**登九天兮撫彗星。**祝其鋤奸誅佞。**慫長劍兮擁護。幼艾,**幼,少者。艾,老者。慫長劍者,諷懷王太阿在握,柄不下移也。**荃獨宜兮爲民正。**叶。正,方直不曲之謂。獨宜者,謂兩司命能造人之命,而又能衛人之生也。

【箋】撫彗慫劍,蓋指文昌六星中有曰上將、次將,神皆威武而能除殘去暴者,故歌中及之耳。

【發蒙】兩《司命》措語各有分寸。前《大司命》,猶有"人命壽夭"四字點題。此則絕無一字及命,而究其所以然,莫非命也。詞意超脱之甚。

【何評】用意在"爲民正"處。以秋蘭興芳潔,全用比興意,詞意縹緲,芳艷絶倫。結處三句正説,全意俱醒。

【玉麐】案:《大司命》曰"何壽夭兮在予",王逸《少司命注》曰:"言司命擁護萬民,長少使各得其命。"蓋並指三台上台二星之司命言。

東　君

【箋】祀日神也。《禮》：“天子朝日於東門之外。”又曰：“王宮，祭日也。”

暾將出兮東方，照吾主祭自謂。**檻兮扶桑。**撫余指東君言。**馬羲馭。兮安驅，夜皎皎兮既明。**叶。

【箋】此特形容主祭者之誠。祀日，大典也，主人不可不夙興從事，仍恐不及。故潔晨先起，陳設祭品，部署女樂，各事齊，備冠帶以俟。無如遲之又久，而天尚未明，於是遂有將出之逆，計照檻之遙度。安驅者，似怪羲馭之故爲此緩緩也。末句點出“夜”字，始知猶是夜中也。皎皎既明，還作夢中想也。

駕龍輈兮乘雷，叶黎。山東日照縣五鼓日出，水聲如雷。**載雲旗兮委蛇。**叶移。此時日輪將上，已見霞光燦爛如旌旗，閃閃於海上矣。**長太息兮將上，心低徊兮顧懷。**太息者，嘆其神靈不測。低徊者，念我生如寄，不及日馭在天，萬古如斯。二語寫出萬古之人心思感慨也。

【箋】讀《漢郊祀歌》：“日出入安窮，時世不與人同。故春非我春，夏非我夏，秋非我秋，冬非我冬，泊如四海之池，遍觀是耶謂何？”則人固不能不低徊而顧懷矣。

羌聲色兮娛人，觀者憺兮忘歸。

【箋】此時日馭已升，主人肅穆迎神。於是諸樂並作，諸巫並舞。不曰"娛神"而曰"娛人"者,神遠人近,觀人之娛則神之娛可知矣。憺兮忘歸者,正以見其樂之盛而巫之艷也。

絚瑟兮交鼓,簫鐘兮瑤簴。鳴鶬即篪。兮吹竽,思靈保靈保,巫之盤旋極情盡致,似有神靈附之而舞也。**兮賢姱。叶。翾飛兮翠曾,**同翩。"翾飛翠曾"四字寫巫舞入妙。**展詩兮會舞。應律兮合節,靈之來兮蔽日。**

【箋】靈謂鬱儀,主日之神。日體在天不臨祭,其神降,故曰"靈"。"蔽日"者,謂其驂從如雲,而日光若反爲之蔽也。

青雲衣兮白霓裳,舉長矢兮射天狼。此時神既畢享,日輪西墜,天狼一星在東井南。日光反照,鋒芒萬仞,如射之者然。**操余弧**弧九星在狼東南。**兮反淪降,**叶。**援北斗兮酌桂漿。撰余轡兮高馳翔,杳冥冥兮以東行**叶。

【箋】日甫落而北斗先見。酌桂漿者,蓋祭者"寅餞納日"之義,欲援北斗而酌桂漿以獻之也。撰余轡者,東君既享其獻,撰轡而入虞淵。杳冥冥者,繞地一周,東行又將復旦也。天狼,喻秦。東行,願君之明如日月之光華在天也。通篇只二語見正意。

河　伯

【箋】《竹書》："夏帝芬十六年，洛伯用與河伯馮夷鬪。"則河、洛二伯乃夏時諸侯，從禹治水有功，故封河伯於河，封洛伯於洛。没爲水神，後人祀之，稱爲河伯云。屈子此篇，蓋以河伯比當時賢士隱於河上如甘盤者，欲求其出，而與之共事楚而不得之作也。故開首即云"與女游兮九河"，乃親而暱之之詞。何西仲乃謂楚越境祭神，涉於諂瀆，而蘇嶺又以爲祀權星。紛紛妄説，何後世高叟之多也？

與女指河伯言。游兮九河，衝口而出，極寫欲見情迫。九河，河伯日游之地，徒駭、太史、馬頰、復釜、胡蘇、簡、潔、鈎盤、鬲津也。衝風逆風。起兮橫波。出門便遇風阻，見不得與游之兆。乘水車兮荷蓋，迎神之舟。駕兩龍兮驂螭。叶丑歌反。迎神之車。風波既不可涉，故捨舟而從陸也。登崑崙兮四望，崑崙爲九河發源，意即河伯之所棲，故欲登崑崙而求之。四望者，登山絶頂而覓其所居也。心飛揚兮浩蕩。乃一望無際，惟見高山峻嶺，穹窿極天。飛揚浩蕩，既以自喜，喜其境地開濶，眼界爲之一空。又復自悲，悲其浩蕩無際，不知神之所在也。"四"字寫盡"望"字神理。日將暮兮悵忘歸，惟極浦兮寤懷。

【箋】言捨此崑崙，別無他處可求。於是極其心思目力，望之遲之又久，不覺日暮，悵然忘歸。因迴思河伯究係水神，求之者仍當於水際求之。極浦，浦之絕遠者，意神必僻居於此，或可一與之寤懷也。

魚鱗屋兮龍堂，叶同。**紫貝闕兮朱宫，靈何爲兮水中？**

【箋】此既遙見其屋，又遙見其闕矣，是真河伯之居也。"靈何爲兮水中"，訝之之詞。欲就見而不得，空有伊人宛在之思。

乘白黿兮逐文魚，叶，上。**與女游兮河之渚，流澌紛兮將來下**。叶。

【箋】靈在水中，既不得見，極欲與游，非乘黿逐魚溯洄以從之不可也。流澌紛下，則黿既不得乘，而魚又不能逐矣。總寫欲見不得之意。

子交手兮東行，送美人稱子，尊之也；美人，親之也。**兮南浦**。大河之南，故云"南浦"。**波**海波。**滔滔兮來迎，魚鄰鄰兮媵予**。

【箋】海若知河伯將避世蹈海，故使海波來迎。交手者，言甫得識子之居，乘黿逐魚，何難登子之堂、造子之宫，與子一執手而訂游渚之約？乃甫交手而子東行，雖然，子自此遠矣，予豈能忘情於子哉？送君南浦，惟見迎子者尚有滔滔之波，隨予者空有剩逐之魚。所謂"蒹葭蒼蒼"者，豈不滿目淒涼耶！

山 鬼

【箋】此屈子被放，山中寂寥，自寫幽懷。豈真爲祀鬼設耶？然寫鬼之求悅人及鬼之歸來山中，詼諧世故不少。

【騷辯】吳楚俗祀鬼，巫祝欲神謂之華筵。祀神之餘爰及鬼物，以報歲功，本古蜡祭所謂"合聚萬物而索饗"也。

若有人兮山之阿，被薜荔兮帶女羅。既含睇兮又宜笑，子慕予兮善窈窕。子，屬壇主祭之公子。不曰"設食賑孤"而曰"慕予"，蓋自裝體面之辭。

【箋】天下豈真有鬼邪？吾不得而知也。天下豈真無鬼邪？吾不得而知也。今屈子曰"若有人"，則是有鬼矣。鬼豈真有被薜荔而帶女羅者耶？豈真有含睇而宜笑者耶？屈子既言之鑿鑿，吾亦姑從屈子說鬼。山之陰僻處曰阿。含睇，微眄也。宜笑，巧笑也。鬼寂寞無聊，恨無知已，忽聞有以飲食享之者，不覺自負其美曰："予亦善爲此窈窕也。"甘言悅人，蓋欲急圖哺餟耳。

乘赤豹兮從文貍，辛夷車兮結桂旗。被石蘭兮帶杜蘅，折芳馨兮遺所思。

【箋】此形容山鬼出山遠赴賓筵，躊躇莫措。始則慮徒步難行，必須驂從，於是有赤豹、文貍之選。繼又患前驅之無車，且引導之無旗，於是有辛夷、桂蕊之結。復而顧影自憐，嫌薜荔、女羅之粗野,有靦顏面,於是衣以石蘭;帶則束以杜蘅。車騎既盛,被帶又都,且含睇宜笑,猶恐人之不悦已也。於是更廣折芳馨,搜羅土物,以爲獻媚資。嗟乎!以裝束佩帶之如此,禮物芳馨之如彼,孰猶有謂之爲鬼者乎?

余處幽篁兮終不見天,路險難兮獨後來。叶。

【箋】此又恐公子怪其來遲,因自白其所處之幽暨山路之險,以釋其獨後之嫌也。

表獨立兮山之上,表者,巫立以招魂之旛竿也。《晉語》:"置蒞,設望表。"注謂"立木以爲表"。此山鬼在途遥望之詞。雲容容兮而在下。叶。杳冥冥兮羌晝晦,東風飄飄兮神靈雨。寫鬼景亦妙。

【箋】杳冥、晝晦,見群鬼受祀至已久矣。神靈雨者,鬼之精靈聚而雨作也。

留靈靈壇。修修其祀事,猶"修禊"之"修"。兮憺忘歸,《評注》:"此爲山鬼享祭正文。"歲既晏兮孰華予。叶。

【箋】留,謂留連祭所,與諸鬼修燕飲之樂。"憺忘歸"妙,有恣其所啖之意。華予,謂騰歲既終,除此一享之外,孰再有張筵而食我者?此贊公子之賢也。

【正誤】王逸謂"靈修"爲懷王,是誤將二字連讀矣。

【彙訂】言鬼於風雨晦冥中見歌舞音樂之盛,留連不去,憺然忘歸。既又自思歲云暮矣,我獨後來,不獲饜飫。今我若歸山,孰有再設此筵以光寵予者乎?冀望而不敢必也。

采三秀芝也。兮於山間,石磊磊兮葛蔓蔓。見采之之難。怨公子兮悵忘歸,忘歸山阿也。君思我兮不得閒。

【箋】此山鬼歸後自述其怨思也。采三秀者，冀其復召，將以復遺之也。不意荏冉一載，歲臘又盡而舊典不舉，使我獨坐空山，綣懷無已，能不怨公子之薄待我乎？既而思之，君非薄情人也，或君有他故，心雖思我而不得閒也。既怨之，復諒之，狀鬼之聲情獨絕。

【正誤】公子指主祭者。王逸作公子椒，六臣及後儒從之，誤也。

山中人鬼自謂。兮芳杜若，飲石泉兮蔭松柏，叶博。君思我兮然疑作。

【箋】此山鬼自負其品之清高、行之芳潔。其所餐者杜若，飲者石泉，蔭者松柏，豈真屑人間之瀆祀耶？然疑作，言君非真知我者，胡然既信之又疑之，徒有慕予之虛名，反貌予為山中人，足以見子塵俗之心矣。

靁填填兮雨冥冥，猿啾啾兮狖夜鳴。風颯颯兮木蕭蕭，叶搜。較"東風飄飄神靈雨"更淒慘，能不令四山鬼啼？思公子兮徒離憂。

【箋】此鬼歸宿山阿，自慰而自解也。雷雨之際，猿啾狖鳴，風木蕭蕭，在人為苦，在鬼為樂。何也？蓋天下極樂之事，未有不變而為淒慘者。即如子之慕予，予之悅子，皆一時情意相感，豈不可樂？及事過情遷，依然爾為爾，我為我，豈能時時相聚耶？徒離憂，自悔之詞。按：《外傳》稱原棲玉笥山作《九歌》，托以風諫。至《山鬼》篇成，四山忽啾啾若啼嘯，聲聞十里，異哉！文到至性中流出，固能動天地而感鬼神，豈尋常筆墨所能及哉？

【騷辯】鬼居常祀之末,即今郡厲壇,春秋設祭,祀土穀正神之餘,遍及無主群厲。舊時樂歌止泛列祀鬼一章,合前祀神八章,故有《九歌》之目。其所以有十一篇者,蓋於祀鬼一章中,特分《山鬼》《國殤》《禮魂》三項,大夫自寫其胸中之寄托耳。

國　殤

【箋】殤謂死國事者。《小爾雅》曰："無主之鬼謂之殤。"

【辭鐙】懷王時秦敗屈匄，復敗唐昧，又殺景缺，大約戰士多死於秦。《檀弓》謂"死而不弔者三"，"畏"居一焉。《莊子》："戰而死者，葬不以翣。"皆以無勇爲恥也。故三閭極力描寫，不但以慰死魂，亦以作士氣、張國威也。

操吳戈兮被犀甲，騎兵。車錯轂兮短兵接。叶匣，步卒。旌蔽日兮敵若雲，形容敵兵之多。矢交墜兼敵兵言。兮士爭先。叶詢。

凌予陣兮躐予行，叶。形容敵兵之猛。左驂殪兮右刃傷。我兵。霾兩輪兮縶四馬，叶。戰敗不退，示以必死。援玉枹兮擊鳴鼓。指督戰者。朱可亭曰："於敗北中寫出生氣，覺長吉'霜重鼓聲不起'未免衰颯。"天時墜兮威靈怒，言敵之強暴，天皆爲之震怒也。嚴殺盡兮棄原壄。叶。天墜神怒之故。

出不入兮往不反，平原忽兮路超遠。《辭鐙》："追言始戰之時，只知有進無退，不知去國之遠，而死於此地也。"帶長劍兮挾秦弓，叶裩。首雖離兮心不懲。生氣不泯，猶賈餘勇。

【發蒙】筆致雄毅，適與題稱。得"出不入"句一宕，局勢寬而不促。

誠既勇兮又以武，終剛強兮不可凌。身既死兮神以靈，魂魄毅兮爲鬼雄。叶形。人死心不死，當爲鬼雄，以殺賊也。

【箋】"誠既勇"以下，祭者贊嘆之詞，以明所以設祀之意也。

禮　魂

【箋】招魂而祀之曰禮，非僅禮善終者之詞。

盛禮備其祭祀之禮。兮會鼓，會衆巫而鼓。傳芭兮代舞。衆巫相代而舞。姱女倡兮容與，春蘭兮秋菊，即所傳之芭。長無絶兮終古。

【聽直】禮魂却無一語及魂，但曰"蘭""菊""無絶"。善佩芳者，蘭菊即其魂也。

【辭鐙】此承上《國殤》而作。《國殤》通篇絶不言致祭一字，以其棄原壄，無主，殯殮不能成禮，拜獻歌舞不足道也。上稱其武勇剛強，忘身爲國，已足慰其靈於地下。《禮魂》但言致祭娛魂，絶不言生前行實一字，以其生前無行可稱，故其不同如此。"長無絶乎終古"句，雖指世世長享其祭，亦因楚師屢敗於秦，欲自此以往，不復用兵，使民得送死爲幸也。

【評注】無絶終古，屈子蓋憂楚之不祀而致意於篇終云爾。

屈辭精義卷之六

江都陳本禮箋訂
男逢衡校讀

遠　游

【發明】此截《離騷》"遠逝"以下諸章，衍爲此詞，爲後世游仙之祖。自"悲時俗"起，至"焉所程"止，乃《遠游》賦序，先序其欲求仙之故。蓋不求仙則不得聞至道，既聞道遂能煉精成氣，煉氣成神，載營魄而上征，以遂其遠游之志。中間幻托神游以展其勢。至"臨睨舊鄉、僕夫懷、余心悲"，依然《離騷》機局，特變其格而又生出"經營四方、周流六漠"一段，以暢其未發之旨，皆寓言也。其實文中扼要，只"内惟省以端操，求正氣之所由"乃一篇大旨。其曰"餐六氣"，即餐此氣；"審壹氣"，即審此氣，即孟子所謂"至大至剛""直塞於天地""浩然之氣"。故能上天入地而與泰初爲隣者，皆恃有此氣也。讀者泥於求仙之說，失其旨矣。

【外傳】載原晚益憤懣，披蓁茹草，混同鳥獸，不交世務，采柏實，和桂膏。歌《遠游》之章，托游仙以自適，又有"王逼逐之"等語。按：此則此篇作於晚年，亦欲托於世外矣。奈王逼逐之，遂于五月五日沈於汨羅。蓋屈子有不得不死之故，朱子譏其為忠之過，其論苛矣。

悲時俗之迫阨兮，願輕舉而遠游。質菲薄而無因兮，焉托乘而上浮。發端四語，全文已攝，深悲極痛之辭。

遭沈濁而污穢兮，獨鬱結其誰語？夜耿耿而不昧兮，魂營營而達曙。質、魂遞舉，以起下文。

惟天地之無窮兮，哀人生之長勤。往者余弗及兮，生不逢堯與舜禪。來者吾不聞。

【箋】陳子昂《登幽州臺歌》："前不見古人，後不見來者。念天地之悠悠，獨愴然而涕下。"從此化出。

步徙倚而遙思兮，怊惝怳而永懷。叶。意荒忽而流蕩兮，心愁淒而增悲。此又由意及心。

神儵忽而不返兮，大限有盡。形枯槁而獨留，內惟省以端操兮，求正氣之所由。

【箋】然後序出神來，即趁手補出形與氣。有形氣方能存神，形氣乃神之根本。端操者，國有道不變塞焉，國無道至死不變，所謂"操"也。正氣，浩然之氣，伏後"餐氣""審氣"二語，乃修仙要旨。

漠虛靜以恬愉兮，澹無為而自得。聞赤松神農時雨師，服水玉得仙。之清塵兮，願承風乎遺則。

貴真人之休德兮,美往世之登仙。與化去謂形蛻尸解。而不見兮,聲名著而日延。

【箋】《莊子》:"古之真人,不知悅生,不知惡死,不以心捐道,不以人助天,是之謂真人。"

奇傅說之托辰星兮,《莊子》:"傅說得之以相武丁,奄有天下,乘東維,騎箕尾,而比於列星。"羨韓衆即韓終,齊人,服菖蒲得仙。之得一。《老子》:"天得一以清,地得一以寧,神得一以靈。"形穆穆以浸遠兮,離人群而遁逸。

因氣變而遂曾舉兮,忽神奔而鬼怪。時仿佛以遥見兮,精皎皎以往來。叶賔。

【箋】承上"形遠遁逸"來,言得一之靈,煉氣化神,遂能曾舉而遠游矣。神奔鬼怪,指上傅說、韓衆,言其變現莫測。精皎皎以往來者,如朝游北海暮蒼梧,人惟於仿佛中遥見之耳。

超氛埃而淑善。郵傳舍。神仙往來,洞府名勝之地。兮,終不返其故都。免衆患而不懼兮,世莫知其所如。

【箋】終不返其故都,此正憤激之辭,卻托之於仙,覺後來丁令威之感"城郭如故人民非",猶爲多事。

恐天時之代序兮,曜靈曄而西征。微霜降而下淪兮,悼芳草之先蘦。

【箋】即"日月忽其不掩兮,春與秋其代序"之意。

聊仿佯而逍遥兮,永歷年而無成。自悼歲月虛度,志無所成。誰可與玩斯遺芳兮,長鄉風而舒情。爲遠游計也。高陽邈以遠兮,余將焉所程?法也。此遠游之根,通篇著意在此。

【箋】忽然溯及高陽。高陽爲楚之先帝,惜今邈矣。焉所程,痛楚後世子孫不得取以爲法也。已上乃《遠游賦序》。

重曰:鄭重言之,以別序文。春秋忽其不淹①兮,奚久留此故居? 軒轅黃帝鼎湖上升,群臣攀龍髯而上。不可攀援兮,吾將從王喬周靈王太子晉遇浮邱公仙去。而娛戲。叶嬉。

【玉廮】按:劉向《列仙傳》云,考周靈王三十三年,穀洛鬭,太子晉諫壅川,是亦賢王子也。《汲冢周書》云:"王子晉謂師曠曰:'吾後三年上賓於帝所。'師曠歸未及三年,告死者至。"據此,則非仙去明矣。焦竑云:"裴秀《冀州記》緱氏仙人廟者,昔王僑爲柏人令,於此登仙,世遂誤以王僑爲王子喬也。"《後漢書·王喬傳》云:"喬,河東人,顯宗時爲葉令。"並載飛鳧舄事。《蔡中郎碑》云:"王子喬者,上世之真人也。"諸說不同,何《列仙傳》中多王喬耶? 固知史傳亦不足憑。

餐六氣謂四時及子午二時之氣。而飲沆瀣金莖露氣。兮,漱正陽而含朝霞。叶胡。南方日中氣。保神明之清澄兮,精氣入而麤穢除。精、氣、神三者乃修其真要訣。

【蔣注】人之神明本自清澄,而不能不淆於後天昏濁之氣。故必取②天地之精氣以自益,而麤穢自消,神明所以能保。

順凱風以從游兮,至南巢今廬州府巢縣有金庭山王喬洞,王子升仙之所。而壹息。暫憩也。見王子而宿同肅。之兮,審訊問也。壹氣之和德。

---

① 淹,原作"掩",據端平本《楚辭集注》改。
② 必取,原作"必必取",據《山帶閣注楚辭》改。

【蔣注】外氣既入，內德自成，所謂六氣者凝煉而爲一氣矣，然必得所養而後能和。

　　曰：王子之言。道養氣之道。可受心受。兮而不可傳，言傳。其小無內兮其大無垠。小無內，卷之則退藏於密；大無垠，放之則彌六合。

　　毋滑亂。而汝。魂兮，彼指魂。將自然。自然則虛矣。壹氣孔神兮，氣一則神。於中夜存。《老子》：“玄牝之門，是謂天地根。綿綿若存，用之不勤。”

　　虛以待之兮，無爲之先。庶類以成兮，此德之門。已上王喬之言。

　　【箋】已上三章，“傳、然、先”一韻，“垠、魂、存、門”一韻，皆隔句叶。玩王喬語，有似廣成授黃帝之言，丹經秘訣，數語括盡。

　　聞至貴而遂徂兮，秘術既得，思覓煉質煉形之地。忽乎吾將行。叶。仍羽人於丹丘兮，將欲他往，忽復返顧。留不死之舊鄉。王子所居。

　　朝濯髮於湯暘。谷兮，夕晞余身於九陽。扶木一日居上枝，九日居下枝。夕晞，謂夕陽倒射，低照於西也。吸飛泉瀑布。之微液兮，懷琬琰之華英。叶。《山海經》：“稷澤多白玉，有玉膏，黃帝是食是餐。”

　　玉色頩丙。淺赤色。以脕澤。顏兮，精純粹而始壯。質銷鑠凡質盡也。以汋約兮，《莊子》：“姑射之神，肌膚若冰雪，綽約若處子。”神要眇以淫放。逍遥游也。

【蔣注】上文王子所授皆内養之事,此又以采服爲言者,蓋一氣之和德,固已心解力行矣,然其氣不盛則無以厚養之之本。故益取天地萬物之精,以充其氣而大其養。

嘉南州之炎德兮,麗桂樹之冬榮。叶縈。山蕭條而無獸兮,野寂寂。漠其無人。

【箋】南州,即南巢山。無獸,則無虎狼可知。野無人,則雞犬不聞可知。且滿山桂樹冬榮,真仙靈之窟宅也。

載營同熒。魄而登霞同遐。兮,掩浮雲而上征。命天閽其開關兮,排閶闔而望予。陰魄既煉爲晶熒之神,乘氣上升,所謂"精皎皎以往來"也。

【箋】發軔之初,先游天上。一"排"字見得道之人聲口便自不同。望者,諭其早排閶闔,勿似曩之"倚而望予"也。

召豐隆使先導兮,問太微天帝南宮。之所居。集重陽帝之宸居。入帝宫兮,造旬始星名,在北斗旁。而觀清都。中宫太一之居。朝發軔於太儀天帝之庭。兮,夕始臨乎微閭。即醫無閭,東北幽州山。

【箋】召豐隆先導者,取其迅速無阻也。問太微,集重陽,謁上帝之宫,造旬始之殿,觀清都之居,由其已得至道,仙凡迥別,故所至之地,出入直達。游天既畢,下謁古帝。先游東方者,帝出乎震,木德之君,其帝太皞,故首先求見伏羲。

【聽直】曰"命"、曰"排"、曰"登"、曰"召",登天之氣焰,驅使如意也。曰"導"、曰"問",初至而索途也。曰"集"、曰"入"、曰"造"、曰"觀"者,既至而縱步也。

屯余車之萬乘兮,紛容與而並馳。駕八龍之婉婉兮,載雲旗之委蛇。

【箋】《騷經》云"屯千乘"，此則"萬乘"，見車騎之多，勝前十倍矣。

騎驥騎。膠葛以雜亂兮，班隨從。漫衍而方行。撰余轡而正策過正東也。兮，吾將過乎句芒。少皞之子重，太皞之臣。

【箋】未謁其君，先過其臣，亦求其先容之意。

歷太皞以右轉兮，前飛廉以啓路。陽杲杲其未光兮，凌天地以徑度。

【箋】太皞謁畢，依次即當右轉以謁炎帝。奈南方昏暗，惡其不明，故暫緩南行，直躐天徑以西，先謁西皇。

風伯爲余先驅兮，辟氛埃而清凉。鳳凰翼其承旗兮，遇蓐收少皞之子該，西皇之臣。乎西皇。少皞金天氏。

【箋】西皇君臣既遇，前欲詔西皇使涉余者，今則不煩其麾蛟龍以爲梁，而自能涉矣。

擎彗星以爲旍兮，舉斗柄以爲麾。叛陸離其上下兮，游驚霧之流波。叶基。

【箋】前欲指西海以爲期者，悵此志未遂。今既能上天下地矣，何妨擎彗星以爲旍，舉斗柄以爲麾，極海外之游，以滿我素願。游驚霧者，已至天之盡處，惟見黑霧茫茫，流波洶洶，不得不驚而作回轅之想矣。

時曖曃暗。其矇日不明。莽兮，召元武北方七宿龜蛇也。而奔屬。後文昌使掌行兮，謂掌領從行者。選署衆神以並轂。

【箋】西海既回，欲往游北方。時天既昏黑，北絡寒門之地，太陰之方，恐路多魑魅，故備將相，選衆神，並轂以驅也。

路曼曼其修遠兮,徐弭節而高厲。左雨師使徑待兮,右雷公而爲衛。

【箋】徐弭節,蓋憚其日暮而路又遙遠。使雨師徑待,右雷公爲衛者,防夜中之不測也。

欲度世以忘歸兮,意恣睢欲北而不肯徑行,又欲先游南方。以擔搞。音挈,叶蹻,軒舉也。內欣欣而自美兮,聊媮娛以淫樂。

【箋】自"聞至貴"以來,內氣既足,外養又充。借度世爲忘歸計,豈欣欣自喜爲遨游媮娛地耶?然而不能不恣睢者,蓋東西之游既畢,若徑往北方,置故土於度外,似又太矯,不得不先轉轡南游,姑置北游於事後。

涉青雲以汎濫游兮,忽臨睨夫舊鄉。僕夫懷余心悲兮,邊馬顧而不行。

【箋】前云"終不返其故都",是已置楚於度外。此忽云"涉青雲以汎濫"者,蓋因恣睢一念之差,遂至萬感交集,初不計其忽又路過故鄉也。曩見僕夫悲,今則余心悲矣。曩恨未聞至道,苦爲時俗所阨,致遭沈鬱之冤。今既超脫塵凡矣,然汗漫空游,曾何補於國事?思念及此,能不悲哉!

思舊故以想像兮,長太息而掩涕。氾容與而遐舉兮,聊抑志而自弭。"氾容與"者,遲遲去故國之意也。

【箋】既臨睨故鄉,思念舊故,便當歸楚。然"終不反故都"之言不能忘,故自弭其悲以行耳。

指炎神南方之帝炎帝,其臣祝融。而直馳兮,吾將往乎南疑。覽方外之荒忽兮,沛罔瀁南海之波濤灝瀚也。而自浮。叶皮。

【箋】既過楚境，則南疑爲近，故先謁炎帝。

祝融顓頊之子黎，原之二世祖也。戒而蹕御兮，裔孫遠來，故止而留之。騰告鸞鳥一句總提。以下皆祝融告敕鸞鳥之詞。迎虙妃。張《咸池》奏《承雲》兮，二女御《九韶》歌。叶。使湘靈鼓瑟兮，令海若舞馮夷。元螭蟲象並出進兮，形蟉虯而逶迤。雌蜺便娟以增撓同繞。兮，鸞鳥軒翥而翔飛。一句總收。見鸞鳥亦隨衆鼓舞而樂賓也。音樂博衍無終極兮，焉乃逝以徘徊。

【箋】南方爲楚封域。時當懷、襄，陵夷甚矣，祖宗在天之靈有不愀然悲者乎？祝融憤楚之亂，憫原之忠，故張樂奏技以樂其志，而解其放逐之冤也。焉乃者，原欲北謁顓頊，不忍遽違祝融厚待之美意，故欲逝而徘徊也。

舒並節雙節旄。以馳騖兮，逴遠也。絕垠乎寒門。叶。北極之門。軼迅風於清源北海。兮，從顓頊乎層冰。北方帝顓頊高陽氏，其臣玄冥。

【箋】頊乃原之始祖，欲往求其程法，以爲今日治楚規模，故軼迅風而上謁也。收到"高陽邈以遠兮，余將焉所程"，爲一篇之眼。

歷元冥少皞子修。以邪徑兮，乘間維天有六間，地有四維，謂由斜徑而乘北隅之間維也。以反顧。顧楚也。召黔嬴造化神名。而見之兮，爲予先乎平路。喻平其政刑，鏟去奸佞。

【箋】原由南至北，不欲再過故都，必須迂道。行道迂則必邪。原係高陽苗裔，豈可由邪徑見耶？邪徑既不可行，而楚之道路又甚艱險不平，非召黔嬴先平其路，不可行也，不得不舍而之他矣。

經營四荒兮,周游六漠。上至列闕兮,降望大壑。下崢
嶸而無地兮,上寥廓而無天。叶。視儵忽而無見兮,聽惝怳
而無聞。叶陰。超無爲以至清兮,與太初而爲鄰。

【箋】此遠游之結穴也。太初者,氣之始,天地未開時也。
是時人物未生,與之爲鄰則氣復還於太虛,無見無聞,與死同
矣。人至此,仙固不必求,游亦不必游,又何愁苦鬱結爲哉？

卜　居

【箋】《卜居》變"兮"字爲"乎"字，極騷體之變，實前所未有。其問卜之辭不過欲明己之廉貞，並借以譏當世之事婦人者。前後隱躍其辭，而中間"呢訾""突梯"，特用兩長句見意。妙在全作滑稽語，而詹尹之釋策亦不明言其故，但答以"用君之心"。二語正機鋒相對，筆如蚰龍夭矯，不可羈勒。

【蔣注】此"三年"未知何時，詳其詞意，疑在懷王斥居漢北之日也。居，謂所以自處之方。以忠獲罪，無可告訴，託問卜以號之，其謂"不知所從"，憤激之詞。"呢訾""喔咿"諸語皆深肖上官、靳尚媚袖情態，而著其讒嫉之私也。

屈原既放，三年不得復見。竭志盡忠，而蔽鄣於讒。心煩意亂，不知所從。乃往見太卜鄭詹尹，曰："予有所疑，願因先生決之。"詹尹乃端策拂龜，曰："君將何以教之？"

【箋】已上《卜居》賦序。

屈原曰："吾寧悃悃款款樸以忠乎？盡心君國。將送往勞來斯無窮乎？役情世俗。寧誅鋤草茆以力耕乎？歸隱田間。將游大人以成名乎？曳裾朱門。寧正言不諱以危身乎？逆鱗直諫。將從俗富貴以偷生乎？違義苟免。寧超然高舉以保真乎？出世養性。將呢訾以言求媚也。慄斯、飾爲恐懼。喔咿欲言不言。儒佯儒。兒，嬰兒皆柔媚取悦之容。儒兒，一作嚅呢。洪《注》：

"喔咿、嚅唲,皆强笑貌。"以事婦人乎?腆顏以奉宫闈。寧廉潔正直以自清乎?將突梯滑溍貌。滑骨。稽、嘲笑取悦。如脂膏。如韋,愞革。以絜楹乎?如工人以絜柱,取其圓而不觚也。

【玉麈】曰:"《史記索隱》:'滑,如字。稽,音計。'王叡《炙轂子》:'滑稽,轉注之器,若漏卮之類,以比人語言捷給,應對不窮也。'《補注》:'滑稽,酒器,轉注吐酒,終日不竭。'"

寧昂昂若千里之駒乎?將氾氾若水中之鳧,與波上下媮以全吾軀乎?寧與騏驥亢軛乎?將隨駑馬之迹乎?寧與黃鵠比翼乎?將與雞鶩①爭食乎?此孰吉孰凶、何去何從?總結上八條,以明問卜之意。

【何曰】主意已定,姑用抑揚之詞,以抒其憤耳。一正一反,反復陳之,奇絶横絶。

世溷濁而不清,蟬翼爲重,千鈞爲輕。黃鐘毁棄,瓦釜雷鳴。讒人高張去。賢士無名。吁嗟默默兮,誰知吾之廉貞?"

【箋】請卜之後,復發此一段感慨,正承序中"蔽鄣於讒"來。屈子之卜,非求用舍,求辨其清濁也。故曰"誰知吾之廉貞"。自己業已道破,何用卜爲?此詹尹所以釋策而謝矣。

詹尹乃釋策而謝曰:"夫尺有所短,寸有所長。謙言才識短淺。物有所不足,智有所不明。叶。物指龜言。數有所不逮,神有所不通。叶湯,數指策言。用君之心,行君之意,龜策誠不能知此事。"

---

① 鶩,原作"鶩",當誤。

【箋】三軍之帥可奪,匹夫之志不可奪。龜策雖靈,豈能移介石之廉貞耶?"用君之心,行君之意"妙極,其中有數有理,渾含無盡。

漁　父

【辭鐙】《史記》載靈均此辭之後，即作《懷沙》之賦，自投汨羅。篇中"葬魚腹"之語，其意已決，特借漁父問答以明其志耳。"濁""醉"二字畫出當日仕楚諸臣真面目。

屈原既放，游於江潭，行吟澤畔，顏色憔悴，形容枯槁。漁父見而問之曰："子非三閭大夫與？何故至於斯？"屈原曰："舉世皆濁，我獨清；衆人皆醉，我獨醒。是以見放。"

【箋】兩"我"字、兩"獨"字乃原之斤斤自標處，正原之疑滯於物處。已上《漁父賦序》。

【何評】以"清""濁""醉""醒"四字立局，問答俱有機鋒。

漁父曰："聖人不凝滯於物，而能與世推移。舉世皆濁，何不淈其泥而揚其波？叶披。衆人皆醉，何不餔其糟而歠其釃？何故深思高舉，自令放爲？"

【箋】推者，推彼而去之。移者，移此而就之也。淈其泥，水不失其爲清。餔糟歠釃，醒不嫌於薄醉也。務深思者必遭忌，慕高舉者必蹈危。此皆凝滯而不善推移之過也。

【何評】頗類蒙莊氏之言，然屈子胸中自有定見，不以人言而惑也。獨醒獨清，此公久已自爲中流砥柱，寧赴湘流，葬於魚腹而不之悔耳。

屈原曰："吾聞之：新沐者必彈冠，新浴者必振衣。必彈之振之者,恐衣冠中尚有宿垢也。安能以身之察察,受物之汶汶叶莫悲反。者乎？寧赴湘流葬於江魚之腹中。安能以皓皓之白,而蒙世俗之塵埃叶衣。乎？"

【箋】漁父之辭,未嘗非處亂世之道,然在原有萬不能已者。宗臣之誼休戚相關,寧爲史魚死,不效甯武愚,志各有在。"物"字緊對上"物"字,言我之所以不能與世推移者,正爲此物此志也。

【何評】兩問兩答,雖以漁父作結,而意實自表。謂非不知推移之用,有所不忍故耳。

漁父莞爾而笑,鼓枻而去,乃歌曰："滄浪之水清兮,可以濯吾纓。滄浪之水濁兮,可以濯吾足。"遂去,不復與言。各成其是。

【箋】屈子之志皎如日月,漁父之意清若滄浪。一"濯"字正以洗屈子之拘。濯則何患乎汶汶？何嫌乎塵埃？此解脫指點語也。"遂去,不復與言",高絶妙絶。蓋已默喻屈子之忠貞而百折不回矣。或曰："《滄浪之歌》,招隱詞也。"與其死而無補於國,何不高蹈而潔身？余曰："不然。夫隱所以全生也。人苟可以無死,又焉用隱爲？惟其不能生,所以不能隱。此孤臣孽子之用心,豈世外逍遥者可同日語哉？"《滄浪歌》見《孟子》,孔子時已聞之矣,應是楚人成語而屈子引之,非真有漁父可知。何世人紛紛作囈説耶？

【何評】屈子本意已是明言,而卻以漁父之詞爲結,妙甚。《滄浪》一曲,烟波無際矣。

自識

是書草創於春夏，裁汰於秋冬。稿凡五易，實掃盡前人一切卮言蔓語，獨開生面，差以自喜。然冰硯雪窗，黎明即起，篝鐙而止，擁爐自寫，指爲之腫，目爲之眩。所賴以禦寒者，晨惟苦茗數碗、薑葅一片而已。嘉慶辛未除夕，鐙下覆較畢，爰識四絕：

瓣香終歲手無停，譜卉紉蘭學注經。
倘得名山藏不朽，精誠長托楚騷靈。

研朱刻翠染湘筠，洗盡鉛華漱玉津。
畫出美人真面目，直教天女叫蒼旻。

弟子邈難追宋景，弔騷空憶賈諸生。
漫漫雲霧人千古，誰與登堂把臂行？

桑榆晚景愛難收，午夜篝鐙寫素秋。
他日淮南堪作傳，不妨辛苦説蠅頭。

跋

　　文自六經外，惟莊、屈兩家夙稱大宗。莊文灝瀚，屈詞奇險。莊可以御空而行，隨其意之所至以自成結搆。屈則自抒悲憤，其措語之難有甚於莊。蓋忠既不見亮於君，內而鄭袖則王之愛姬，外而子蘭則王之愛子。且滿朝黨人皆王之親信，中外棋布，稍涉國事，有干誹謗，得咎更甚。不得不托諸此比興，以申其邑鬱之懷。故運思落筆都借寓於奇險之徑，使言之無罪，聞之足以戒。洋洋纚纚，滔滔汩汩，無義不搜，無典不舉，而起伏照應，頓挫回環，極文人之能事，故能與漆園並驅千古。前儒注釋紛紛，無不人自以為握靈蛇之珠，家自以為獲荊山之璧。然求其旨趣合拍，機神洞達，識既不足以透徹精微，而學又不足以鉤深致遠，故總無當於作者之心。餘若諸家則膚辭剩語，冗蔓滿紙。客歲奮志斯役，潛心一載，今正復加訂正。由春迄夏，不惜午夜篝鐙，探賾索隱，務期大暢厥旨。恍若親炙於屈子之靈，而受其耳提面命之教也。故每於展讀之際，覺屈子神光猶剡剡紙上，能不肅然恐，悚然而悲其志也？至於獵取諸家粹語，亦惟披沙揀金，不敢怖其河漢，亦不敢信其矯強。一言之合，必慎所擇取，冀其廣播士林，不肯令昔人一片血心埋没千古也。

　　嘉慶壬申夏五端陽，素村禮漫識於修梅山館。

整理後記

  本書點校整理始於 2013 年，衷心感謝周建忠教授接受我加入重大項目課題組，本人在課題組中獲益良多；在課題組中，還得到同事同好的幫助，在此一並表示誠摯的謝意。此外，還要感謝陳琳琳（現就讀於華中師範大學）、許流青（現就職於江蘇省崑山市實驗小學）、葉紅（現就職於浙江省温州外國語學校）、周思妙（現就職於浙江省舟山第三小學）爲本書作出的貢獻，四位承擔了本書一部分的前期工作，勞心勞力，我銘記於心。

  在工作接近尾聲的 2018 年 4 月，筆者讀到慈波先生《屈辭精義》點校本（2017 年 6 月第 1 版，黄靈庚先生主編《楚辭要籍叢刊》之一種），因而對其有所參考。謹此致謝。筆者的整理與慈波先生自然有同有異，聞前人論理有謂"有同乎舊談者，非雷同也，勢自不可異也；有異乎前論者，非苟異也，理自不可同也"，這對點校工作同樣適用。